普段は子供がいるので車での移動が中心になりがちだけれど、ひとりのときにはメトロも使う。パリのメトロは使いやすくてとても便利。

Passage
interdit
No entry
Passaggio vietato
STOP

ポンピドゥーは講義を聴きに来ていた思い出の場所。美術館の空気感に惹かれる。特別展で面白いものがあるときには、かならず足を運ぶ。

イラストや椅子の色使いが好きなカフェ。カフェにも相性があると思う。相性を大事にして、心地よく過ごす術を知っているのがパリジャンだ。

原稿を書くこともカフェの重要な目的のひとつ。原稿を書くときはショコラ・ショー、そうでないときはカプチーノ、が私の定番。

サンルイ島はパリに来てから４年近く、ひとり暮らしをしていたところ。いまでも、ここに来てその佇まいに身を置くとホッとする。

それからのパリ

La vie de Paris

雨宮塔子

祥伝社黄金文庫

はじめに

これといった目的もなくパリを歩く。
なにを見るわけでもなく瞳《ひとみ》に街を映す。
なにかを考えるのではなく、心に入ってきたものを想う。

パリという街は、こうした「のりしろ」のような時間を生み出しやすいところだと思うのです。とても生産的とは言えないけれど、これがあるからこそ残りの時間がより鮮やかさを増すような。その慎《つつ》ましやかさで、太陽の輝きを一層引き立てる月のような。糊《のり》で貼りつけてしまえば、あったことすら忘れられてしまう、まさに「のりしろ」のような時間——。

まさにその「のりしろ」に生きたと言っても過言ではないパリでの独身時代と比べて、子供をふたり抱えているいまは「実《じつ》」の詰まった暮らしぶりです。これからの自分について考えたり、我が身に降りかかったことに対処するのにほとんどの時間を費やしていたのが、子供を取り巻く現実的な事柄にぶつかって右往左往することが多くなりました。パリ生活も8年目を迎えて、そうしたときに引き出される感情も具体性を帯びてきたような気がします。

なんでも自分で決めて行動に移すことを好む私が、まだ我を抑えることを知らない、むき出しの感情を持つ小さな生き物たちに日々振り回されています。

そんなふうに身を置く環境や心に留《と》めおく内容が変わっても、パリという街はいまも変わらず「のりしろ」を差し出してくれています。はっきりした四季の移ろいはなくても、あるいはその移ろいに心を泳がす時間を物理的にも精神的にも紡《つむ》ぐゆとりがなくても、そこここに転がっているのを感じるときがあります。

ベビーカーを押しての散歩中に入り込んだ小径で、また日向《ひなた》の空気の佇《たたず》まいで、カフェの窓の向こうに行き交う人々を眺《なが》めているとき、ふと「のりしろ」時間に生きていた頃の自分と出会うことがあります。パリをひとりで歩いてみたことのある方なら同じようなことがあると思います。数年前、いえもっとずーっと前に歩いたことのあるようなところで、立ち止まっている自分の姿と遭遇することが。どんなに時間を隔《へだ》てていても、そのときそこで捕らわれていた感情が鮮度を失わず蘇《よみがえ》ってくることが。

この本ではそうした「のりしろ」時間と「実」の時間を行ったり来たりしている、いまの生活を綴《つづ》ってみました。パリへいらしたことのある方に、ちょっと懐かしい風が吹いたり、いらしたことのない方に、パリという空気を少しでも感じていただけたら幸いです。

雨宮塔子《あめみやとうこ》

もくじ

装うこと＊ costume

フランス語を通じて＊ autrui

［撮影］…篠あゆみ

［ヘア&メイク］…セ川マナ美

［パリコーディネーション］…鈴木ひろこ

［撮影協力］

パリ国立近代美術館（19,rue beaubourg 75004 paris　TEL:01-44-78-49-19）

Le Boulanger de Monge（123,rue monge 75005 paris　TEL:01-43-37-54-20）

l'îl enchantée（65,boulevard de la villette 75010 paris　TEL:01-42-01-67-99）

［ブックデザイン］…高瀬はるか

［イラスト］…密田恵

［編集］…山本泰代

この作品『それからのパリ』は、2006年6月に小社から四六判で刊行されたものです。

暮らすこと

*

demeurere

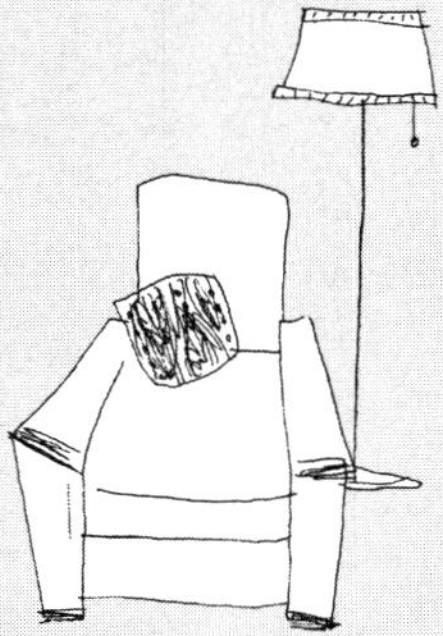

サンルイ・アン・リル教会の掛け時計

4区にあるサンルイ・アン・リル通りに入ると、ほとんど条件反射のようにサンルイ・アン・リル教会の掛け時計を見上げてしまう。

パリに来てから結婚するまでの間、この通り沿いの小さなアパートに住んでいた。この通りは不思議なところで、週末はフランス一と誉《ほま》れ高いアイスクリーム店〈ベルティヨン〉の前にできる長い行列が有名な観光スポットなのだけれど、平日の夜ともなれば急に人気《ひとけ》の少なくなる静かな通りだ。サンルイ・アン・リル教会の佇《たたず》まいがその静謐《せいひつ》な感じをさらに深めていることもある。

私は、この通りの持つその二面性を心から愛していた。とりわけ、週末でも平日でも自分にはまったく関係ないとでも言いたげな、時計のくせに時空を越えたような教会の掛け時計の存在は格別だった。夕暮れ時の学校帰りや帰宅の遅い午前さまの夜も、365日×3年半、いつも変わらずそこにいて迎えてくれた。ヤボな問いかけや咎《とが》めもない代わりに特に温かい言葉もない。だから見上げた掛け時計がどう映るかでいつも気づかされることになった。今日一日がどんな日だったのか。楽しいのか、悲しいのかも。

私の原点、などという大げさな言葉は使いたくはないけれど、ここを通りかかると少し切ない気分になる。

あれから1年半の間に私は結婚し、子供を授かった。状況はかなり変わったかもしれないけれど、私の生活環境はほとんど変わっていない。マルシェにも相変わらず週に2日は足を運んでいる。通ってくる人々の顔ぶれが変わらないように、露天商の人たちも変わらない。折々の旬の野菜や果物こそ入れ代わるけれど、それを持ってくる人たちも、買い求める人たちも、きっと毎週同じような時刻に集まってくる。単調で平凡な時の流れ。華やかなパリの街だけれど、パリで暮らすということはそういうことだ。

それでも、たとえば生《なま》でも甘いにんじんの、ふわふわした葉までもが美味《おい》しい食材になることを知って、とても幸せな気持ちになる。離乳期の娘に初めて試してみた野菜や果物を彼女が喜んで食べたとき、それは私にとって、コンコルド広場の明かりやオペラ座のシャガールの天井画に負けないくらいの輝きを心に灯《とも》してくれる。本当にささやかなところにこそ、幸せは転がっているのだと教えてくれる。

いま、我が家の台所はヴェルヴェヌの鉢植えに占領されている。10年前に彼が花市で買ってきてから、彼が引っ越すたびについてきたものだった。今年も無事に長い冬を越し、彼が枯れ枝を切り取ったあと、早くもその切り口からは鮮やかな新芽が顔を出していた。その新芽をもっと伸ばそうと、テラスから暖かい台所に移したのだ。

夜更けに目が覚め、台所に水を飲みに行くと、彼が背をかがめてこのヴェルヴェヌの新芽を眺《なが》めていた。新芽が出てからというもの、何度となく目にする光景だった。どんなに仕事が忙しくても、疲れがたまっていても、彼がこうした時間を削ることはなかった。一度手にかけたものは最後まで責任をもって育《はぐく》む人だ。新芽も、自分の手がけたお菓子も、彼にとっては自分の子供と変わりはない。自らに課しているのではなくて、心から楽しんでそうしているのだった。

パリに来た頃は、日本に比べてパリは心にゆとりを持ちやすいのだと思っていた。けれど、学校をかけ持ちしたり、論文の準備で睡眠時間が減ってくると、私のゆとりはたちまちのうちに吹き飛んでしまった。そういうときの切迫感は、かつての、アナウンサーだった日本での生活と、そう違いはなかった。赤の他人だった人と生活を共にすることで、ゆとりは空間の問題でも、時間の問題でもなく、自分自身の問題なのだと、やっと気づけたのだった。

娘にはこうしたゆとりのある人間になってほしい。他人《ひと》に対して自分の時間とエネルギーを最大限に注げる人に。

私にできることは、娘の口に入るものに気を遣うことと、私たちが好きなものや美しいと思うものを見せていくことだけ。彼女は選択肢もなく、ここ、パリの地で生を享《う》け、暮らしているのだから、それを好きなのか、美しいと思うのかは、せめて彼女の選択に任せたい。その中で彼女なりのコンコルドの明かりを灯していってくれればと思う。

以前、ローマ在住の作家・塩野七生《しおのななみ》さんが、親の愛情とは、なるべく子供を突き放すことだとおっしゃっていた。外国で子供を育てるのも、日本で子供を育てるのも、基本的に変わりはないと思うけれど、5年前だったらこの言葉はこうも私の胸には迫《せま》らなかっただろう。私も、いい意味で突き放しながら、彼女にとって見上げればそこにいるような、サンルイ教会の掛け時計のような存在になれたらと思う。

「背中の映像」を子供たちに残してやりたい

もうあと数日で3月というある朝、雪が降っていた。当たり前のように隙間《すきま》なく路上駐車した車のサンルーフやボンネットに、雪はすでに何cmか降り積もっている。パリでは雪はめったに降らないけれど、降るとしたら、こうした冬の置き土産のような形になることが多い。

2ヶ月に一度巡ってくるヴァカンスに入って3日目のことだ。幼稚園や学校へ行く必要がなくなった子供たちに、朝から雪だるまを作らされている人もいる。はす向かいの八百屋さんの軒先では、そこの店主である親爺《おやじ》さんと、お隣のマダムが、なぜか雪合戦をはじめている。こうした穏《おだ》やかでゆったりとした時間が紡《つむ》ぎだされるのが必ずしもヴァカンスのせいだけではないところも、パリ暮らしの贅沢《ぜいたく》なところだと思う。

街中のポスターやメトロの掲示板にサーカスの告知が交じってくるのもこの

時期だ。私がパリで初めてサーカスを見たのも、底冷えのする日だった。テント小屋の前で背を向けて佇んでいる少女が印象的な懐かしいポスターを眺めていると、あの日の寒さが蘇《よみがえ》ってくる。ポスターの空は淡いグレー。パリの冬空はさまざまな色合いを見せてくれるけれど、その中でも特に私の好きなもののひとつだ。なんとも幻想的なのだけれど、どこかくっきりとしている。住宅街のくすんだ色の建物の輪郭をひとつひとつ浮き上がらせながら、その中にポツンと建てられたサーカス小屋の違和感のなさ。サーカスはこのグレーの冬空に本当によく似合う。

　パリの人たちは子供たちをよく外へ出す。どんなに寒い日でも、それこそ雪だるまのように厚着をさせて。この時期にサーカスの興行が多いのも、こうした寒い時期にこそ、子供たちを外へ連れ出そうとする市や興行主の意志を感じてしまう。子供たちはもちろん、そんな期待に応《こた》える。薄暗いテント小屋の中で、しばしば舞台中央の芸そのものよりも、それを見つめる子供たちの表情に見とれてしまうのは私だけではないと思う。

　闇の中できらきら光る子供たちの目は、テント小屋の隙間から入ってくる冷気でいっそう澄みきってゆく。宝石のように。雪の散らつく中、ベビーカーを押し、幼子の手を引いてきた親たちは、やがて、子供たちを連れてきてあげたのではなく、自分たちがこんなにも素晴らしい表情をプレゼントされたことに気づく。これまた最高の冬の置き土産になる。

夏より冬の思い出のほうが鮮明なのはなぜだろう。冬生まれということもあって、イベントが多かったからだろうか。でも、心の奥底からすぐにでも引っ張り出せる映像には、むしろ日常の延長線上にあるものが多いから、華やかなことだから、あるいは特別なものだから覚えている、というのとも違う。あの乾いた空気やシンと静まりかえった空、雪景色……。どちらかといえば色のない世界だからこそ、その中で起こった日常を引き立たせるのかもしれない。

よく幼少の頃の記憶は曖昧《あいまい》で、実は写真で見たり、人から聞いたりしたことが像として結ばれてゆくと聞く。それでも冬空の下、ひょうそになった足が疼《うず》いて泣く私をおぶって病院まで走る父の襟元がずり落ちた項《うなじ》や、雪の散らつく中、雪だるまを転がしている母の背は、写真に残っているわけでも、彼らから直接聞いたことがあるわけでもないので、やはり幼心にしっかりと焼きついたものなのだろう。子供たちには、私もなるべく鮮明な映像を残してやれたらと思う。数ではなく、鮮度で。

難しいのは、それが親のエゴになりかねないことだ。前に、娘より3つ年上のお子さんを持つご夫婦と、子供連れで外食したことがある。その奥さんはテーブルにつくと、今日は大人の中に入れてあげるんだから、いい子にしていてねと娘さんに言い聞かせていた。選んだ店は子供連れでも入りやすい中華料理店だったのだけれど、奥さんは食事中に子供が迷惑をかけることが許されないフランスのルールにのっとり、事前に釘を刺したのだった。4歳の女の子は健気《けなげ》なほど終始おりこうにしていたけれど、奥さんのセリフは私にあることを思い出させた。

雨の降りしきる中、ベビーカーを押して友人に会いに行ったことがある。お互い乳幼児のいる環境で限られた時間の中、日本での久しぶりの再会でもあった。

近所だからとタカをくくっていたのだけれど、降りしきる雨は容赦《ようしゃ》なく、出がけはゴキゲンだった娘も、だんだん寡黙《かもく》になっていった。友人宅に着いた頃は、彼女の心にも雨が降っていたのか、その家の女の子が出迎えてさまざまなおもちゃを出してきてくれても、なかなか表情が晴れなかった。それでもかわいがってくれるお姉ちゃんに心を開きはじめたのを見て、私たちも話に花を咲かせたのだった。

気がつくと、相当な時間が経過していた。子供たちも帰る頃になってようやくうち解けたらしく、微笑《ほほえ》ましい姿も見えた。雨の上がったあとは空気も心なしか爽《さわ》やかで、私は弾《はず》んだ声で娘に話しかけながら帰り道を急いだ。実家のあるマンションの前で娘をベビーカーから降ろそうとして、手が止まった。

娘は眠りこけていた。「楽しかったね」「うん」と返事が聞こえてから、3分も経《た》っていなかった。見慣れた景色を前にして、緊張の糸が切れたのだろうか。そんな寝顔だった。娘の寝顔を見ていて、本当に楽しかったのは大人だけだったのかもしれないと胸がいっぱいになった。大人の世界に子供をつきあわせてしまったのだと。

もちろん、小さなうちからいつも自分の思い通りになるわけではないことを教えるのは大切なことだ。でも、子供のために、と自分に言い訳するのだけはやめようと思った。黙って背中を見せられる親になりたい。私の両親の映像がそうであるように。

ほんの少し力が抜けた、ヴァカンスシーズンのパリ

フランスでの暮らしを語る上で、ヴァカンスをはずすことは許されない。フランス人女性と結婚した日本人男性で、結婚生活に暗雲の兆《きざ》しが見えはじめた人がいたとしたら、それは仕事を優先する彼らがヴァカンスをとらないせいだと言われるぐらい、フランス人にとってヴァカンスは欠くことのできないものなのだ。

ふだんあまり物質的なものにはお金をかけず、堅実に暮らしているパリジャンでも、ヴァカンスには糸目をつけない。ヴァカンス貯金という欄が〝心の家計簿〟にきちんと設けられているのだ。

ヴァカンスが近づくと、学校や職場では今回のヴァカンスはどこでどのように過ごすかという話題でもちきりになる。中には、子供が幼稚園に提出する絵日記のネタに困ったり、子供たち同士で話すそれらの話題についてゆけなくて

寂《さび》しい思いをするのを避けるためにも、どこかに連れて行ってあげなきゃと画策する友人もいる。2ヶ月に一度は巡ってくるヴァカンス。親御さんもそれなりに大変そうだ。

日本でゴールデンウィークにさしかかる頃、フランスでもヴァカンスが始まる。とはいっても1年を通してヴァカンスの多い国だから、日本のそれよりは〝待ちに待った感〟が少ないかもしれない。けれど、寒くて長い冬を越し、ようやくポカポカと暖かくなってから初めて迎えるヴァカンスだからだろうか、パリの街を離れる人たちが圧倒的に多い。自分や友人の別荘に向かう人、春スキーに出かける人。車で街を流すと、ただ単に道が空《す》いているからという理由ではなく、舗道の木々から、隣り合うアパルトマンの佇まいから、人気《ひとけ》のなさが伝わってくる。シエスタ中のシシリアみたいにガランとして。

パリジャンが出て行ったあとのパリ。観光するのに〝パリらしさ〟を味わいたいのなら、ヴァカンスシーズンは避けろと言われる。

たしかに、それはある意味当たっている。はりきって予約を入れた老舗《しにせ》のレストランに着いてみると、テーブルが日本人で埋められていたことがある。住んでいる私たちならまだしも、はるばる日本から来た旅行客の方々にとっては、パリにいるのだか日本にいるのだかわからなくなりそうなシチュエーションに、さぞかしがっかりされたことと思う。

フランス人の友人にも、味は申し分なく、サービスもとってもおきのレストランだけれど、観光客が多いという理由でそうしたレストランには決して足を運ばない人がいる。彼らにしてみたら、なごめてかつ気持ちの良い雰囲気こそが、最高のご馳走《ちそう》なのだろう。

それでもパリ生活も年数を重ねるうちに、ヴァカンスシーズンのパリがマイナスな面だけを持ち合わせているわけではないことに気づいてきた。いや、むしろこのシーズンでしか味わえない醍醐味《だいごみ》のほうに心が傾いてきている。何らかの理由があって、あるいは特別な理由もなく、パリに残ることに決めた少数派に、パリはいつもとは違う顔を見せてくれるから。都会派パリジャンを相手にしているときよりほんの少し力が抜けた、穏やかなパリ。――そう、私はこの時期が大好きなのだった。

バスの車内で――。ふだん、会社や学校へ向かう人々の、書類やノートをにらむ力の入った面持ちは見当たらず、ゆったり座席に腰を下ろし、陽光を受けながらまどろむ人がいる。ベビーカーは1車両に2台までが暗黙の了解だ。フランスのベビーカーは日本のものより造りが大きく、当然狭い車内ではかなりのスペースを取ってしまう。いつもは申し訳なさそうに縮《ちぢ》こまっているか、混んでいる車内を見てとって、何台か見送ることさえあるママンたちが、このときばかりはベビーカーを乗せ上げる表情が明るいのも嬉《うれ》しい。

カフェやレストランで——。シェフも休みに入るのか、いつもより料理の味に精彩《せいさい》を欠くこともあるけれど、その代わり、ふだんは予約客や馴染《なじ》み客でビッシリのテラス席に容易に座れたりもする。〝隙《すき》〟が温かみを生むこともある。サービス中、あくびを隠せないギャルソンは、それでもいつもよりふた言、三言、親しげな言葉をかけるゆとりを持つ。

新緑がまぶしい公園で——。あんなに嬉しそうな娘の表情を見たことがあるだろうか。フランス人の子供たちに混ざり、それなりに馴染んでいると思っていたけれど、どこかで緊張したり、遠慮していた部分があったのかもしれない。まだ2歳にもなっていないけれど、彼女なりに外国人として小さな社会で戦っている。人気の少ない公園を解放感に溢《あふ》れて走り回り、遊具を独占できる贅沢さに目を輝かせているのを眺めながら、少し切ない気持ちになる。パリジャンが出て行ったあとのパリ。それはパリに暮らす外国人にこそ、優しいのかもしれない。

先日、昼下がりのマレ地区を歩いていて、ひとりの男性と目が合った。見交わしている時間が長すぎるのはわかっていたけれど、なぜだか目が離せなかった。通り過ぎてからも気になって振り返ると、向こうもこちらを見ながらアパルトマンの門の扉を開けているところだった。バゲットを抱えた幼児を門内へと促《うなが》している。

その瞬間、思い出した。5年前に語学学校で机を並べたアラブ系の男の子だった。彼は結婚して、働くために語学学校を辞めていったのだが、子供はもう4歳になるという。以前よりひと回り大きくなった体つきが彼も父親になったということを表わしていたけれど、笑うと目の端に浮かぶ人懐っこさは変わっていなかった。そういう私も2児の母になっている。マレの裏通りの小径で、5年という歳月が走馬灯のように流れていった。

彼も私と同じく、パリに暮らす外国人なのだった。パリに残っている理由《わけ》がなんとなくわかるような気がした。そして、その単純な事実がこうも胸を打つこともなかった。

この小径は前からよく通っていたけれど、彼に会うのは初めてだった。いや、もしかして、今回のようにどこかですれ違うことがあったのかもしれない。人込みにまぎれてなのか、あくせくと歩いていて気づかなかったのか……。ガランとしたパリは、時に些細《ささい》だけれど、でも見落としてはならない大切なものを瞳《ひとみ》に映し出してくれる。

バックミラーが拾う年月の移ろい

車なしの生活なんて考えられなかった。以前、日本にいた頃は。職業柄、本番前に上げたテンションを戻すのに、仕事場から家までの、車内での時間がとても貴重だった。

私にとって自分で運転する車は単なる通勤手段ではなく、ひとりになっていろいろなことを考えられる、なくてはならない空間だった。ハンドルを握っていると、考えねばならない仕事のことや事務的なことを押しのけて、考えまいとしていることや無意識の気がかり事が前面に出てきてしまう。そのとき自分の心を占めているものが何なのか、おのずとわかる。車というものは人を無防備にさせてしまう。

長い道中を車内で共にすることは、その人を知るのに何よりも近道のような気がする。選ぶ言葉、話題。間がもつ人なのか、あるいは、その間さえも心地よく感じられる人なのか。余裕のなくなったときの振る舞いにその人の素顔が見えたりもする。

車で空間を移動することは、旅に出る前のわくわくする荷造りの過程に似てはいないだろうか。いまも胸に残る数々のかけがえのない映像には、目的地でのものと同じくらい、道中の光景も多いから。

何年か前に両親と南仏を旅したとき、私の運転する車の後部座席で両親が寝入ってしまったことがある。海岸沿いの景色が見たいというリクエストで、高速を下り、夕暮れ時の美しい海岸線を走っているというのに。

——子供の頃、両親の友人宅や親戚の家へ遊びに行った帰り道、車の中で決まって寝てしまうのは私だった。遊び疲れた満足感と、両親のいる絶対的な安心感——。

バックミラーに、寄り添った両親の寝顔が映っていた。そのときふと、こうしてだんだんと立場が入れ代わることへの喜びと寂しさに襲われた。南仏旅行は南仏の光に縁取られた美しい思い出だけれど、まず浮かび上がるのはこの光景だったりする。

ほかにも数々のシーンが浮かんでくる。

リヨンからボージョレー地方までの雪の高速道路。収穫が終わったあとの哀愁漂うブドウ畑。ラギオールの星つきのオーベルジュへ日帰りで出掛けた帰りの高速の果てしない闇夜。

フランス国内だけではない。ベルギーからゴッホを観に、アムステルダムへ一気に走った道筋。春の陽射しを受けたプロヴァンス地方を抜けて、スペインまで行ったこともある。あのときはあることがずっと心を離れなかった。バルセロナの街で見かけた復活祭、さらにくだってアルハンブラまでの丘陵の続く道、オレンジの木々。目に映る光景は移ろっても、心の問題は移ろうことがないことを身にしみて感じた旅でもあった。

パリへ渡ってから時間と体力の許す限り国内外へ足を向けてはきたけれど、いちばん贅沢なこととは実は常日頃の反復の中にあるのではないかとつくづく思う。

友人の彼はロンドンに住んでいた。彼女が彼に会いに行くときはパリからユーロスターに乗るのだけれど、一方彼のほうは自分で運転する車でドーバー海峡を越えてくる。5年以上ものそういう年月があった。ふたりはのちに別れを選んだけれど、きっといまでも車に乗り込むとき、船に車を預けるとき、そしていよいよフランスの国境にさしかかるとき、彼の心に映る風景は誰にも邪魔されることのない彼だけのものに違いない。終わってみて恋しさが増すのは風景も同じだ。

フランス人がヴァカンス先を選ぶのに国内や自分の別荘が多いのは、金銭的な理由だけではないと思う。彼らはおそらく、反復する風景の喜びを知っている。

私もパリで暮らしはじめてから、風景を写真に収めなくなった。私にとって、こうした心象風景を重ねていくことこそ、豊かなことだと思うから。

パリでも自分の車を運転するようになったのは、実はつい最近のことなのだけれど、それも必要に迫られてのことだった。

子供がひとりのうちはベビーカーを押してバスに乗るのも苦ではなかったし、帰り道は散歩がてら歩いて帰ってくることもあった。

それがふたりになるとそうもいかない。ふたりをベビーカーに乗せるだけで精一杯で、買い物も一度にたくさんはできないから出直すことになる。そうなるとどうしても行動範囲が狭《せば》まってしまう。歩こうと思えばどこへでも歩いていけるのがパリの魅力なのに、重い荷物と子供たちを抱え、どちらかが泣き出したときには散歩を楽しむゆとりなど吹き飛んでしまう。

元来、車に乗るのが好きなこともあって、乗るきっかけを待っていたようなところもある。そして乗ってみて思う。自分で運転することは、パリでお医者さんにかかることに似ていると。夫の車の助手席に乗っているだけでは、根が怠《なま》けもののせいで道を覚えようとさえしなかったのが、すべてが〝真剣勝負〟になった。

違反や接触をしたときのやりとり——。

フランスは「紙」中心の社会だ。専門用語に首をひねりながら相手と書類を前にひとつひとつ記述していく必死感は、高熱を出して苦しむ子供を抱いて病院へ駆け込み、ドクターに食い下がってその説明に全身全霊を傾けるときに近いものがある。こんなことはできれば避けたいところだけれど、そうした経験がフランス社会に馴染むひとつのきっかけになったりする。

東京での気ままなひとり暮らしから、パリで家族を持ったいま、車に乗る意味も少しずつ変わってきている。

よく言われることなのだけれど、パリジャンは車を文字通り〝足〟と考える。車選びも自分の身の丈《たけ》に合ったものだし、メンテナンスや洗車をこまめにして慈《いつく》しむといった姿もあまり見られない。

私もパリで初めて持った念願の車は愛しいけれど、いまの用途はもっぱら実用的なことが中心だ。考え事がしたくて、ひとりになりたくて車に乗り込むどころか、娘に「おんも！　ブーブー！」とねだられて車を出すこともよくある。

しかも、後部座席のチャイルドシートからビスケットを催促し続ける娘が気になって、回り道をしてドライブ気分を味わいたい気持ちも雲散霧消してしまう。パリジェンヌは運転もうまい。混んだ道を蛇行しながらもビュンビュン飛ばしていくのを尻目に、「赤ちゃんが乗ってます」というシールをつけて、もっぱら安全運転を心がける。

バックミラーに、いまは子供の寝顔が映っている。折れそうなくらいに首を由げ、夏の強い陽射しに額に汗を浮かべた娘の寝顔だ。視線を少し横にずらすと、ベビーシートからはみ出た息子の素足の指先も見える。その小さな足が、振動で時折ビクンと動く。バックミラーに映る風景がこんなにも愛おしいものだということを、両親は教えてはくれなかった。けれど、いつのまにか自分も彼らと同じ目線になっていることを、いまは心から嬉しく思う。

ひとりで過ごす時間はない。でも、いましかできないこと

先日、近所に住むフランス人マダムから1枚のメモを渡された。ある私立の託児所の連絡先と住所、それに園長である女性の名前が記されている。

同じくふたりの子供がいる彼女は、乳児と幼児の世話に明け暮れる私の生活ぶりが手に取るようにわかるらしく、前からその託児所の連絡先を教えるからね、と言われていたのだ。自分の子供たちを行かせてみて本当に良かったから、友人たちにもたくさん紹介してきたと言う。人気のある託児所だから、ヴァカンス明けの9月に申し込んだんじゃ、遅いのよ、園長は私の名前を覚えているので、私の名前を出してもらっても構わないから、とにかくいますぐ電話してね、と親切にもつけ加えてくれながら、彼女は夏のヴァカンスへと旅立っていった。

その家族とのヴァカンスに、彼女はベビーシッターを伴っていった。旅先で

も、場所によって大人だけで出かけたいときなどは、子供たちをシッターさんに預けるのだという。ヴァカンスなんだから、母親にだって〝休み〟があってもバチは当たらないでしょ、と。これはなにも特別なことではなくて、彼女のようにゆとりのある家庭では、よくあることなのだそうだ。

パリはカップルが基本の社会だ。子供が生まれても、ライフスタイルが子供寄りになることはなく、あくまで夫婦が中心であるのに変わりはない。寝室も早くから親と子を分ける。子供が夜泣きして、夫婦の寝室のドアを叩《たた》くことがあっても、ドアに鍵をかけて頑《かたく》なに開けないのだという。強い。私だったら根負けしてしまうだろう。子供が可哀想だというのもあるけれど、泣き叫ぶ子供の声に、自分のほうが耐えられないのだ。

子離れの早い、大人中心の国。フランスは大人の国だという漠然としたイメージは渡仏前から持ってはいたけれど、子供ができてそのイメージがますます確固たるものになってきた。

子供に冷たいとか、最大の関心事が自分自身であるとかいう前に、子供を自分たちの所有物としてではなく、あくまで一個の人格とみなし、そう扱う逞《たくま》しさがある。早ければ生後7ヶ月にはオムツからも卒業し、寝るときはひとりで寝るものなのだと、無意識に自分を律してゆくフランスの子供たちが、日本の子供たちより精神的にも大人になるのがずっとずっと早いのも頷《うなず》けるような気がする。

フランスの幼稚園は3歳から入園できる。働く女性の多いパリでは、幼稚園に上がる前の託児所が、公立・私立それぞれに充実している。特に仕事を持っているわけではない女性でも、託児所に子供を預ける人が少なくないのは、きっとこうした施設を上手に利用して、自分の時間を作ることに引け目を感じさせない社会の基盤があるからだろう。

事実、やむを得ない例外的な場合以外は、シッターさんのお世話になることもないと言うと、驚かれることがある。件《くだん》のフランス人マダムもそのひとりだった。そこで、冒頭に記したように、預ける時間や時刻を選択できる、託児所を紹介してくれようとしたのだった。

ひとりで過ごす時間はない。〈子育て〉と言えるのはふたり目からだというのがいまの実感だ。

ひとりのうちは、子供が寝ついてしまえば、そこからは自分の時間だった。片づけておかねばならない家事の他に、余裕のあるときには自分の趣味にも興じられた。ふたりになると、特に私の場合は間をほとんどあけずに息子を出産したこともあって、目の離せない子供たちを抱え、目まぐるしく日の暮れてゆく日々となった。ふたりの昼寝の時間がうまく合ったとしても、どちらかが泣けば、もうひとりも目を覚ます。じっくり本を読んだり、原稿を書いたりするには、子供たちが寝静まったあと、自分の睡眠時間を削るしかない。

自分の時間なんて贅沢なことは言わないから、せめてちょっぴり身体を休めたいと正直思ったこともある。風邪をひいてもいられないとはまさにこのことかと。息子が生まれて間もない頃は、３時間おきの授乳に、夜はしんどい日々が続いた。子供との愛情深い時間を過ごすにも、まずは身体が資本だと痛感した。身体が元気でないと、心も元気になりづらい。

息子にかまける時間が多くなると、娘としては面白いわけがない。授乳しているとき、ぐずつく息子をあやしているとき、ことさらに私の腕にぶら下がって離れない。

あれは、その夜何回目かの息子の夜泣きに浅い眠りから引き戻され、授乳をしようと日中の疲れが沈殿した重い身体を起こしたときだった。自分でも驚くほど長く深い溜息《ためいき》が洩《も》れ、それは月明かりが雨戸の隙間から射しこむ、薄暗い寝室に響き渡った。その暗がりの中から静かな声がした。「いましかできないことだからね」と。彼の声だった。その声は、私の頭を完全に目覚めさせ、私の中に眠る母性をも呼び覚ましたようだった。

〈期間限定〉という言葉に、救われることがある。どんなに肉体的にも精神的にも極限に追い込まれても、そうした状況は永遠に続くわけではない。現に、息子も生後5ヶ月を過ぎたいま、夜泣きをすることは少なくなってきた。人生の長い月日から顧《かえり》みれば、ほんのわずかな限られた時間くらい、脇目もふらず〝母性〟にひた走ってもいい。気力とか体力とか、そういう言葉さえ意味を失うくらい夢中になって、すべてを子供と共有して過ごす。そんな日々に生きてみるのもいいのではないか。そう思う。望んだとしても、めったに与えられるわけではない特別な時間なのだから。

疲労と歓喜とは背中合わせだ。さっきまで泣いていたのが嘘のような息子の笑顔に、凝《こ》り固まった疲れが消えていくのがわかる。親の愛を奪い合う嫉妬《しっと》の対象でもあるはずの弟を、それでも彼女なりのやり方で精一杯あやそうとする娘に、涙が出そうになることもある。自分の感情を持て余しながら、あるときはその感情のままに、またあるときは何かもうひとつ上の感情に従って行動する姿に、人間の心というものの複雑さと面白さを改めて教わる。子育てとは親の側からの一方的な献身であるわけがなく、子供から貰《もら》うものの大きさに気づかされる一瞬でもある。

私自身、思いは矛盾に満ちている。ひとりの時間が欲しいとは思いながら、自分のほうが彼らから離れがたいときがある。こんなにも愛おしい表情や仕草で、ふたりの子供がじゃれている。そういう光景に背を向けて、私はいったい何をやりたいと思うのだろう。どんな仕事がはかどればいいというのだろう。

娘には、地元の普通の公立の幼稚園に行ってもらいたいと思っている。母親とベッタリの生活から離れ、広い世界の中にあってはほんのちっぽけな社会だけれど、彼女にとってはそれでも大きいコミュニティーに属することになる。

聞き慣れないフランス語が飛び交う、未知の世界に。

言葉のハンディもあって、慣れさせるためには早いにこしたことはないのだけれど、もう9月の新学年（新学期）がはじまっているというのに、いまだにメモに記された託児所に電話すらしていない。せめて幼稚園に行くまでは一緒にいてやりたい――というのは言い逃れで、実のところ親の自分のほうが離れがたい思いが強いのかもしれない。

子供と過ごす時間は、量ではなく質だと思う

いま住んでいる家に越してきたのは、もう3ヶ月もすれば娘が生まれてくるという妊娠中だった。結婚したての頃は、それまで彼の住んでいたアパルトマンに必要最小限の家財道具を持って移り住んでいたのだけれど、まもなく妊娠が判明したので、慌《あわ》ててもう少し広い部屋を探したのだ。

パリでは、たいていの人はアパルトマンを借りるなんてことは、お金を捨てるようなものだと考えていて、買うほうが一般的だ。まだ年若い夫婦や、入籍していないカップルですら、ローンを組み、頭金に充《あ》てる借金もなんとか工面して、自分の城を構える。

私たちも買えるにこしたことはなかったのだが、賃貸物件しかあたらなかったのは先立つものも問題だけれど、なんでも作ることが好きな彼と、どうせ買うならロフト建築を買って自分たちで少しずつ築いていきたいという考え方で

一致していたからだった。ロフトのいい物件を探すには時間があまりになさすぎた。生まれてくる赤ちゃんのためにも、早く落ち着ける場所を探すのが先決だった。

不動産屋さんや住宅情報誌で何軒かの物件を見て回ったうち、ピンときたのがいまのアパルトマンだった。居間が比較的広いことが決め手だった。

情報誌で見つけた物件は倍率が高く、電話をかけた段階ですでに借り手が決まっていることも少なくない。この物件にも早くも10組近い人たちが名乗りを上げていたらしいのだが、運良く私たちに決まったのには、まもなく子供が生まれるという事情が大きかったようだ。

あとでわかったことなのだけれど、このアパルトマンの住人には、幼児を抱えた人たちが多い。同じ境遇の人たちで固めれば、夜泣きや遊び声、走り回る足音などへの苦情が出にくいでしょ――と、小学生の男の子を筆頭に、同じく乳児もいる大家さんが言う。

私の娘も、お見通しのように、走り回れる年齢になってきた。走り回るどころか、私の目を盗んでは居間に三輪車や幼児用車を持ち込んで、乗り回している。

その居間だけれど、広いとはいえ、実は入居するとき、私が唯一気に入らない、ある箇所があった。長方形の居間の短いほうの一辺の壁に、床から天井まで、なぜか3m×4mぐらいの謎の凹みが設けられているのだ。凹みの奥行きは30cmくらいだろうか。しかも元の住人の趣味なのか、その凹んだ部分だけ木目のしつらえになっていて、ご丁寧にも天井から3台のライトが、その空間を照らし出すように取りつけられている。

何か大きなオブジェでも飾っていたのだろうか。絵を掛けようにも、どうにも背景の木目がいただけない。木炭のようなマットな黒い木目ならまだしも、赤茶のイミテーションの木目が主張しすぎて、どんな絵だろうと殺してしまうように思えるのだ。この凹みが部屋の良さをほとんど台なしにしていた。

考えた末、本棚でこの木目に蓋《ふた》をしてしまうことにした。幸いなことに、特別にオーダーしなくても、この巨大な空間にぴったり合う既製の棚を見つけることができた。買う前に寸法を測っていたから、合うことはわかっていたものの、いざ我が家に搬入してみて、実際に1cmの隙間も残さずピタリと収まったときは感動もひとしおだった。

3台のライトはそのまま生かすことにした。そのライトがこの本棚を照らす様《さま》は、ちょっぴりパークハイアット東京のレセプションのフロアを思い起こさせて、ひとり満足している。その日以来、最も嫌いだったところが、いちばんのお気に入りコーナーになった。

あぁ、それなのに……。今日も娘が私の〈パークハイアット〉に幼児用車を激突させている。彼が不便がるのをなだめて、私の好みであえて洋書だけを並べた、美しいこの本棚に。

パリジャンが、子供が生まれてまもないうちから寝室を親と子に分けることは前にも書いたけれど、それは事前に子供部屋をきちんと整えてあげることが前提になっている。たとえどんなに小さくても、独立した子供部屋をつくる。子供用ベッドに、洋服棚、幼児用テーブルに椅子……。かわいい子供服のショップやセレクトショップには、子供用のセンスの良い家具も置いてあったりして、ついふらふらと足を向けてしまう。おしゃれなマダムには、子供部屋にも凝っている人が多く、見せていただくのが楽しみだったりもする。

私もそれなりに整えたつもりだった。子供は自分の机があると、お絵かきにせよ、ままごとにせよ、集中して遊ぶものだと聞いて、ちょうど北欧家具のかわいいのを見つけたので買い与えた。北欧らしい色使いのストライプ柄の机に、同じ彩りの水玉の椅子を二脚つけて。幼児用の机なので小さく、部屋の専有面積も少ないし、ストライプと水玉というキッチュな組み合わせでも、色使いが柔らかいので浮き上がらない。居間や寝室は比較的色のないあしらいなので、子供部屋にはもう少し温かみが欲しかったのだ。

そんな親の思いも空《むな》しく、彼女がひとり、その机でじっとしていることはない。お絵かきも10分ともたず、乗り物を乗り回したり、居間のソファーで飛び跳ねるほうを好む。乗り物を走らせるのは、狭い自分の部屋より居間のほうがそりゃあ楽しかろうと時間限定で許可しているけれど、そんな私でも必死で守っていることがある。

それは、「居間にはおもちゃを持ち込ませない」ということ。積み木やブロック、パズルをめちゃくちゃにひっくり返された日には、私は一体何が楽しくて、この忙しい時間帯（だいたい夕食の支度中のかまってやれないときに、居間が惨劇に遭《あ》っている）に、パズルをしているのかということになる。夕食は、おもちゃのないすっきりした空間で落ち着いて取りたいので、娘が片づけるのを待ってはいられないのだ。

おもちゃが出ていると落ち着かないのは、夕食時だけではない。お気に入りの本棚の傍《かたわ》らに置いたソファーで好きな本を読むのは至福の時なのだけれど、目の端におもちゃが飛び込んでくると、どうも具合が悪い。たとえそれが散乱しているわけではなくて、整然とあっても、私には同じことだった。

子供たちが寝静まったあとの限られたひとときぐらい、大人の時間と空間を満喫したい。そう思って、それまでは居間にも置いていたおもちゃを、すべて残らず子供部屋に収めた。居間にある程度おもちゃがあると、正直、自分が楽なこともある。短い時間でも、そのおもちゃに夢中になっていてくれれば、その間に短編小説のひとつでも読めるから。でも、それでは何かが違う。たとえ子供とベッタリ一緒にいても、心がそこになかったら、母親不在と変わりはないだろう。事実、私が本に没頭していると、娘が近寄ってきて、開いていたページを閉じてしまう。ためらうようにおずおずと手を伸ばし、伏し目がちに本の端に手をかけて。

　そんな娘の姿を見ていて、子供といる時間は量ではなく、質だと実感した。子供と遊ぶときは、一緒に子供部屋へ行き、そこでとことん遊ぶ。不思議なもので、私もまた水玉椅子に座り、娘と向き合うと、彼女はいつまでもそこに腰を落ち着かせている。机の上に置いたおもちゃのティーカップを私に何回でも勧めてくる。

　そうして濃い時間を共に過ごしたあとは、満ち足《た》りるのか、聞き分けも良くなるような気がする。私が夕食の支度に取りかかっても、その間こちらの注意を引こうと悪さをすることがなくなってきた。

　大人と子供の世界を明確に分けるフランス人に倣《なら》って、徹底したいことはまだまだたくさんある。大人の話を遮《さえぎ》らない、自分の食事が済んだあとの大人の食卓に、よじ上ってこない……。

　フランス社会で生きてゆくためにも、そうした躾《しつけ》には厳しくありたいところだけれど、子供との関係において少しでも後ろめたいところがあると、一方的に躾だけを押しつけるわけにはいかなくなってしまう。自分のライフスタイルを貫きたかったら、まずは自分自身に厳しくなって、メリハリのある態度で接しなければと思う。

手を差し伸べようとする気持ちは大切だ

秋の終わりから冬支度を迎える頃……。寒がりのくせに、この季節が好きだ。肌をなでてゆく冷気が雑多な思いまでさらっていくのか、胸の奥の本心が覗《のぞ》きやすくなる。ツンと澄んだ寒空の下、立ちのぼる感情も際立ってくる。

振り返ってみると恋のはじまりも、この季節が多かった。そしてこの時期にはじまる恋愛には、「つきあおう」などというヤボな言葉もいらなかったように思う。一緒にいたいと思う感情に絶対の自信がある。どこへ行くのでも、何をするでもなく、ただただ並んで歩く。夜空を覆う木立ち、踏みしめては崩れてゆく枯れ葉、街に溢れる派手な色使いのネオンすら、傍らを歩く人の目にも映っていると思うと特別なものに見えてくる。そうしたすべてのものをこの胸に刻もうと、また一歩を踏み出す。

目に入る景色が意味をなさないこともある。相手の口から発せられる言葉ひとつひとつに全神経を注いでいると、景色は文字通り、ただ流れていくだけのものになる。

恋愛感情が愛情に移ってゆくのにつれて、神経の張り詰めも緩やかになり、癒《いや》しにも似た、穏やかな時間が占める比重のほうが多くなるのは確かだけれど、パリという街は、ふたりで一緒にいる時間を多く重ねた男女でも、穏やかなだけの関係に終わらせないなにかを持っている。

友人に、籍を入れて5年近く経っても、週末はふたりで街を歩くことに充てているカップルがいる。今週は何区を歩く。それだけ決めて、あてもなく家を出て行くのだそうだ。パリは世田谷区ほどの大きさでしかないので、歩こうと思えば、たしかに歩ける。けれど、パリを十分知りつくしているはずのフランス人の彼にとっても、散歩が毎週のお楽しみということは、彼女と一緒に歩くことで、新たな発見があったり、見慣れたものも違って見えたりするのだろう。とても素敵で、かわいらしい、彼ららしい週末の過ごし方だと思う。

その彼らを週末に迎えたことがある。思いがけないケガをし、治療を続けてひとまず退院してきた娘に会いたいと、家に寄ってくれたのだった。何時間か家で遊んだあと、外に出たいという娘の声にせき立てられるかのように、皆で家を出た。

彼らを送りがてら、娘に外の空気を吸わせればいい。そう思って、近所の芝生の広場まで一緒した。

しばらくここで娘を遊ばせてから帰るから、自然にフェイドアウトしてくれるようふたりに頼む。彼らはこのまま広場に留まる気遣いを見せてくれながらも、暮れなずんでゆく空の下、踵《きびす》を返し、歩きはじめた。何歩か歩を進めると、彼らはどちらからともなく手をつないだ。私の見送る視線の先で。それは、私の視線を意識したものでも、気づかなかったものでもない。ふたりのそうした行為の前では、友人の視線も流れる景色のひとつでしかない。そんな感じだった。

四十代の彼らの子供じみてもいない自然な感情の趣《おもむき》に、見惚《みほ》れていた。夫婦を長く続けていると、愛情深い日々ばかりではない。愛情深いゆえに「愛憎」になることもあるだろう。でも、どんなことがあっても、手を差し伸べようとする気持ちが大切なのだと、視界の果てにもうシルエットだけになってしまった後ろ姿が語っていた。

腕に振動を感じて我に返った。娘を抱きながら物思いに耽《ふけ》っていたのを、その腕から逃れようと娘が身体をよじらせている。

地面に下ろされるが早いか、彼女は芝生の上を走り回りはじめた。まだ2歳半にもならない娘だ。気持ちばかりが急《せ》いて、時々足が絡《から》まりそうになる。「もっとゆっくり!」。何度も口にしかけ、そのたび、その言葉を飲み込んだ。もうちょっとだけ娘の思うままにしてあげたい。2週間もの入院生活の間、ずっと恋い焦《こ》がれてきた〝おんも〟なのだから。

キャッキャッと声を上げながら走り続ける娘を追ううちに、かなり遠くまで来てしまっていた。友人夫妻を送りがてらの散歩の域を越えないつもりだったので、ベビーカーも持ってきてはいなかった。夕暮れが、いつのまにか宵闇《よいやみ》に変わっていた。芝生の丘陵沿いに建つ住宅街の家々にも、すでに明かりが灯されている。自分でも心臓の音が高鳴っていくのがわかった。それまでは、追いついて摑《つか》まえては離していた手を緩めず、そのまま抱き上げた。娘は走ったせいで上気した頰《ほお》を首元に押しつけてくる。冷たかった。項《うなじ》に回された小さな手も凍《こご》えていた。

そのまま回れ右をして、家路に向かって走り始めた。油断していた。退院してまもない娘の身体には、11月のパリの外気は冷たすぎた。ほんの30分で、この小さくて細い身体を芯《しん》から冷やすのには十分だった。遠ざかっていく広場のほうに泣きながら両手を伸ばすのも構わず、走り続けた。「おんも、おんもっ」。胸や肩に娘の拳《こぶし》があたる。鳩尾《みぞおち》に暴れて蹴《け》り上げる足先が入る。暴れることで彼女の悲しみが癒《い》えるのなら、ずっと抱きしめていたかった。身体で痛みを受け取ることで、彼女の痛みに寄り添えるのなら、ずっとそうしていたかった。

家の近くの見慣れた街並みが広がってくると、娘もあきらめたのか、黙って抱かれたままになり、そこでようやく歩を緩めた。うつむいていた顔を上げ、私の表情を見た娘の身体が一瞬固まる。

「ママ、泣かないよ……」

病室でも何度か発せられたことのある言葉が、また娘の 唇《くちびる》 から洩《も》れる。包帯が、手の甲にまで巻かれた指が、ぎこちなく、私の頬を伝う涙を拭《ぬぐ》う。真剣な眼差しで、何度でも。まるで涙をすべて拭い尽くせば、ママの笑顔がまた見られるとでもいうように。

娘の身に災難が降りかかったとき、私はすぐそばにいながら、娘を守り通すことができなかった。それから来る日も来る日も私は泣いた。

娘の前ではもう泣かないと決めたのに、どうしてか守れない。笑顔を向けるどころか、涙はとめどもなく溢れてきて、娘の包帯を濡らしていく。ここのところ、慰められるのはいつも私のほうだった。傷が痛むはずなのに、健気《けなげ》にも笑顔をくれた彼女のほうが、ずっと大人なのだった。

自分の身に起こったことには、どんなことでも腹をくれた。人と人との関係で生じたことは試練だと思って乗り越え、恋愛の苦しみは享受し、身に降りかかった災難は宿命だと受けとめてきた。それがこと子供のことになると、どういう感情の引き金がひかれるのか予測がつかない。その溢れ出る感情の扱い方がわからない。子供の災難は、起こったことは起こったこととして、いまなしうる最善の方法を考えなければならないのに、起こる前の時間に戻れたらと、思考はいつもそこで滞《とどこお》ってしまう。子供はもう前を向いているのに。自分のことだけでなく、人をも気遣うゆとりを見せているのに。

10年後、私は彼女の前を歩いていけるだろうか。

食べること
*
manger

食材はビオのマルシェとスーパーで調達

パリで雑誌の撮影をする場合、編集者の方たちが99％の確率でリクエストされるもの……。それがマルシェ（市場）だ。パリらしい日常がいちばん感じられる場所なのだろう。立ち並ぶ屋台の食材に目を輝かせ、その場で新鮮なフルーツにかぶりついたり、ホテルの部屋で食べるからと、量り売りのトマトやフロマージュを買い込んだりされている。

義母はフランスへ来るたび、干しイチジクを山のように買って帰る。たしかに、マルシェの干しイチジクは一度口にしたら病《や》みつきになる禁断の味だ。家でも口寂《さび》しいときや、子供のおやつに最適なので、欠かせないものになっている。

そうした人たちの弾《はず》んだ顔を見ていてよく思う。マルシェは幼い頃、夏のお楽しみだった祭りの夜店に似ているのではないかと。マルシェが開かれるのはたいてい午前中だし、あんず飴《あめ》やソースせんべい、金魚売りや射的などはもちろんあるわけがないのだけれど、屋台を一軒一軒練《ね》り歩くという行為は大人をも童心に返してしまうのかもしれない。

私も独身の頃は、マルシェはもっぱら冷やかして歩くのが常だった。ひとり暮らしでは肉類や魚は食べ切れる量が限られているし、料理も簡単なもので済ますことが多かったから。それでも、屋台に並ぶ旬の食材で季節の変わり目を実感し、そうした食材の循環からパリへ来てからの年月の流れに思いを馳《は》せたりした。また、おじいちゃんまでもが朝早いうちからカートを押してやってきて、食材をじっくり吟味する姿に、フランスでの〈食〉に対する思い入れの深さを痛感したこともあった。旅行者的に観察する域を越えてはいなかったのだと思う。

結婚して子供もいるいまは、アスパラソバージュを手にして春を、キノコ類やジビエのお目見えで秋を感じ取ることはあっても、それがメランコリーに移っていくことはまずない。ベビーカーを押しながら手早く旬の食材に目を走らせ、五感に訴えかけてくるものを選ぶ。あまり素材に集中しすぎていると、べビーカーから手を伸ばした娘が、屋台の軒先に並んだイチゴなどを指で押し潰していたりするから要注意だ。

ゆったりとマルシェの雰囲気を堪能する時間は減っても、豚の胸肉を塊《かたまり》で買い込んだりする楽しみは増えた。ひとり暮らしのときは敬遠していた鰻《うなぎ》だって、捌《さば》こうと思えるから不思議だ。クリスマス間近に賑《にぎ》わう、丸々1羽分の鶏や鴨を並べる屋台の前にできる列に加われるのもまた、家族を持った喜びを実感するときかもしれない。

子供ができてからは、以前にも増してビオ（有機農法）のものを買うことが多くなった。6区にあるラスパイユ通りのマルシェは、火曜日と金曜日にも市が立つのだが、日曜日はすべてがビオのマルシェになる。

ビオの市はお値段は少々高めだけれど、見た目にも明らかに質がいいのがわかる。子供には安全で身体によいものを与えたいというのもあるけれど、私自身がこのビオのマルシェの持つ魅力に惹《ひ》きつけられている部分が大きい。なんといっても色が違う。野菜や果物の色の鮮やかなこと。トマトの色は赤とは限らないと教えられたのはもうずいぶん前のことだ。黒のトマトは、見かけたら迷わず買ってしまうくらいのお気に入りだ。

パンやワイン、フロマージュといった食品の他に、石鹼やオイル、バスソルトまで、多種多様な品揃えが見られる。ビオのワインはお味のほうはちょっと……という偏見を覆《くつがえ》してくれたのは、カメラマンの篠《しの》さんだった。美と健康チーフのヘアメイクのマナさんにいたっては、美味《おい》しいスープがとれる鶏ガラをわけてくれる露天商のおじさんと知り合いになってしまった。量り売りとはいえ、少量では買いづらいので、こういうときの友達の輪は本当にありがたい。

正直に言えば、私の場合は少量では買いづらいという理由だけで鶏ガラに手を出せなかったわけではない。鶏ガラを頼んだつもりが、私のフランス語が怪しかったのか、なぜかビニール袋にてんこ盛りの水搔《みずか》きを渡されたことがある。改めて言い直す勇気もないし、「うちは中華料理店をやってるわけじゃないからねぇ」というジョークも彼らにうまく伝わる自信がなかったので、その水搔きを受け取ってしまった。その露店の前に並んでいた他のお客さんの好奇に満ちた視線の中で。以来、鶏ガラをいまだに注文できない小心者の私は、このマナさんを食材開発の師匠とあがめている。

そうした友人たちに教わったことのひとつに、ビオのスーパーがある。チェーン店も多く、皆それぞれ近所に行きつけの店を持っている。このビオのスーパーのお豆腐がいけると力説していた篠さんのお気に入りは、アーモンドミルク。なんでも、彼女がいちばんだと思っているメーカーのアーモンドミルクは、すべてのチェーン店にあるわけではないらしい。ビオのチェーン店でも、品揃えが若干異なっているのだ。

娘の離乳期には、私もよくこのアーモンドミルクを作っていた。ビオのマルシェでアーモンドとデーツ（ナツメヤシの実）を買ってくる。アーモンドは水に2時間以上浸したあと、熱湯に2分浸して皮をむく。それをミキサーにかけて粉にしてから、水とデーツを加え、好みでバニラエッセンスを数滴たらして、数分攪拌《かくはん》し、漉《こ》し器でこして出来上がり。少々手間はかかるけれど、娘の飲みっぷりがいいので、つい張り切ってしまう。

彼女の最近のお気に入りは、どこのビオのチェーン店にも置いてある紙パックに入った豆乳で、味はバニラと決まっている。はじめはこの豆乳のカルシウム入りを、フランスのママンたちは赤ちゃんによく飲ませると聞き、買っていたのだけれど、ナチュラル味を含め、いろいろ試してみた結果、バニラ味に落ち着いたのだ。日本の豆乳とは別物の味。豆乳くささが苦手な人でも、このフランスの豆乳だったら絶対大丈夫だと断言できる。カルシウム入りやバニラ味はほんのり甘くて、娘はこの豆乳と生《なま》にんじんをミキサーにかけたにんじんジュースを、大きなグラス1杯、あっさりと飲み干してしまう。

ビオのスーパーで豆乳の他に絶対買うものは、ビスケット。イチジクやゴマ、シリアル入りなど、さまざまな種類があって、選ぶのも楽しい。砂糖抜き、塩抜きなど、きちんと表示されているので、子供にも安心して食べさせられる。こうしたものはビオ専門のスーパーだけでなく、普通のスーパーのビオのコーナーでも売っているので、我が家の食品棚には欠かしたことがない。

ビオのスーパー、しかも同じチェーン店でも店によっては品揃えが違ったのが、オイル類だった。私は冬の乾燥する頃や妊娠線防止にミンクオイルを愛用していたのだけれど、家の近所の〈ナチュラリア〉（チェーン店のひとつ）にはなく、わざわざ遠くの〈ナチュラリア〉まで出向いていた。敏感肌なので、フランスのコスメ大賞に輝いたクリームですら、荒れてしまったことがあるのに、このミンクオイルは肌に合っていた。香りのほうは決していいとは言えないけれど、このオイルのおかげなのか、妊娠線は1本もできなかった。こうしたオイルは友人へのお土産にしても喜ばれるので重宝している。

日本と同じものを手軽に手にしたいと思うことも、もちろんある。日本食材が比較的手に入りやすいパリとはいえ、その品数や品質まで、贅沢《ぜいたく》なことを言い出したらきりがない。

けれど、同じ野菜でも農業国・フランスならではの深い味わいやみずみずしい果物の手頃さ、フロマージュの状態の良さに触れたときの喜び。それはもちろんのこととして、フランス特有の素材や生活の知恵が思いがけず日本人である私たちの口や生活習慣に合ったとき、その掘り出し物との巡り会いは、生活者としての何ものにもかえがたい喜びとなる。

ハーブや魚が手頃なのは魅力的だ

料理が得意な母親を持つと、娘も料理上手かといえば、そうとは限らないと思う。

もちろん、母親が台所に立つ傍《かたわ》らで、その手さばきや動きの効率の良さ、料理が同時に何品もできていく様《さま》を興味深く観察したり、それを手伝うことで自然に料理上手への道が開けていく人がほとんどであるとは思う。けれど、〈おふくろの味〉が大好きすぎるために、あえて自分でやってみようとは思わなくなってしまった私のような人間もいると思うのだ。もっぱら食べる側、という人が。

重ねて、学生時代は1年の3分の1が合宿生活という体育会スキー部に所属していたため、家にいる時間が少なかった。合宿のない季節は季節で練習はあるので、帰宅時間は夕ごはんギリギリだし、練習のない日はバイトやなんやで、夜遅い帰宅になる。母親の手料理を食べられる限られた機会に、あえて自分の作ったごはんが食べたいだなんて誰が思うだろうか。

言い訳はもうやめよう。

私は料理に応用が利《き》かないタイプなのだ。

外食の用がなければ、どんなに遅くなっても必ず家のごはんを食べる父を惹きつけてやまなかった母の料理。加えて職業柄、評判のいい店には足を運ぶ機会に恵まれることが多かったので、美味しいものを食べこんできた自負はある。アナウンサー時代、5年以上担当してきた料理番組「チューボーですよ！」で、巨匠の味を追求し続けたことも大きい。自分で適当にチャッチャと何品も作るよりは、本当に美味しいものを手間暇かけてじっくり作ることのほうが好きなのだ。

結婚したら毎夜、「チューボーですよ！」が繰り広げられると思っていたと言う彼は、あの番組をほとんど見ていなかったに違いない。あの番組は、何品かの家庭料理の献立が食卓に並ぶのではなく、一流の料理人から伝授された味や技術、知恵や知識を結集した、小山薫堂《こやまくんどう》氏の造語を拝借すれば「一食入魂」

の一品をゲストとともに味わう番組なのだ。あり合わせの材料で、美味しくセンスのある料理を、瞬く間に5品は作れてしまう彼は、私の食卓を「一品亭」と呼ぶ。美味しいけれど、品数が少ないねと……。

私の愛すべき、スキー部時代からの友人たちも皆、それぞれの夫の失言と戦っているらしい。

パリでひとり暮らしをしていた頃、遊びに来てくれたMは、あまり料理をしている姿が想像できないタイプなのだけれど、それでも私の部屋にあったレシピを熱心に写している姿に、もうすぐ新婚生活を始めるという意気込みが感じられた。ただ、カレーまで書き写しているのには、大丈夫かなぁ……と、少し気になったのも事実だ。

乳児と幼児のふたりの子供、夫の帰宅が22時すぎという、共通する環境に、ごはんはどうしているのと尋ねると、相変わらずレパートリーは少ないんだけどね、と続ける。この夏、湯豆腐を出したら「我慢大会かよ！」と怒鳴《どな》られたそうだ。結構、気の利いたセリフのような気もするが……。

スキー部時代から、友人たちとハワイのコンドミニアムを借りると、率先して料理を作ってくれていたリカも、電話で愚痴《ぐち》っていたっけ。なんでも、棚に『3分クッキング』集の陳列を目にした彼女の夫は、「お前の料理は3分だけかよ」と暴言を吐いたそうだ。

一品に凝《こ》りすぎても、お手軽すぎても文句がつくのだから大変だ。理想をいえば、お手軽で気の利いたものが何品か食卓に並べられればいいのだけれど……。

母から譲り受けたものや5年分の「チューボーですよ！」、さまざまな雑誌のキリヌキ、コツコツ買い集めた料理本……。パリへ来るときに厳選したにもかかわらず、それでも段ボール一箱分にもなってしまった私のレシピ集。そうまでして持ち込んだものなので、レシピには忠実にじっくり作りたい。

特にフレンチやイタリアンのレシピは、ここでこそ本領発揮されるべきなのだろう。日本では、その価格に手控え気味だった鯛《たい》や金目鯛、スズキにヒラメの丸焼きにも、ここでは果敢に挑戦できる。一尾で買えば、ほとんどの場合、ウロコやワタの掃除もしてくれる。鯛の岩塩焼きに、舌平目のムニエル。パリで初めて挑戦したものも多いけれど、特にお気に入りなのは〝rouget〟（ヒメジ）のアクアパッツァ。〝rouget〟は大ぶりのものより、少し小ぶりのほうが味わい深いこともわかった。
ハーブ類が豊富で、手頃なのも魅力だ。マルシェ価格でだいたい一束（これが食べきれないほど多い）1ユーロ。安いので失敗しても惜しくない。一度、青菜に似た野菜をマルシェで見かけたので、山のように買って中華鍋で炒《いた》めたら、レモンのような酸味のあるハーブ野菜の一種だったこともある。

ローズマリーも摘み立ての香りのいいのが幾枝もくくられて一束なので、私はオントルコート（牛のリブロース）の質のいいものが手に入ると、塩こしょうし、ローズマリーをのせ、オリーブオイルをまんべんなくかけてそのままおいたあと、さらにこのローズマリーを肉の表面に枝ごとなすりつけ、最後は一緒に焼いてしまう。これは、フィレンツェで食べたTボーンステーキのように、シンプルだけれど美味しい一品になる。表面はしっかり焼いて、中はほとんど火を通さないように焼き上げてもいい。薄切りにしてたたき風カルパッチョにすれば、たくさん食べられる。上質のパルミジャーノをスライスしたものを添えて。

フレンチやイタリアンが作りやすいのに比べると、和食はやはりレシピ通りにはいかない。大抵のものは揃うとしても、根菜類、イモ類は難しい。豚汁を作ろうにも、大根は入手できてもゴボウがなかったりする（季節によってはある）。里芋も、似たようなものは中華食材屋さんで見つかるけれど、どこか微妙に違う。山かけを作ろうと思って買った大和芋に似た野菜が、摺《す》り下ろすそばから黒く変色していったのも懐かしい思い出だ。

薬味も限られる。ショウガはあるし、ネギもポワローで十分役目を果たしてくれるのだけれど、私の大好きなシソやミョウガはない。代わりに、こちらのもので代用できるものはジャンジャン利用することを覚えた。

シブレット（あさつきの一種）は細かく刻んで青ネギの代わりにする。赤身のマグロ（買うときに生で食べられるか聞いたほうがいい）をサイコロ状に切って、しょうゆとゴマ油、ラー油をかけたものに、玉ねぎとポワローのみじん切り、黒ゴマを加える。これに、シブレットをミキサーでオリーブオイルとのばしたソースが、我ながらかなりいけていると思う。

代用といえば、わが食材開発の師匠・ヘアメイクのマナさん。

以前、私がボンゴレビアンコがパスタの中でいちばん好きだと話していたら、ボンゴレは〝coque〟（ザルガイ）で代用できるよと教えてくれた。〝palourde〟（アサリ）よりずっと安いから、たくさん入れればアサリに負けないくらいコクが出るからと。たしかに代用できなくはなかった。アサリはマルシェに出ていないこともあるので、それ以来、困ったときはこのザルガイに手を伸ばすこともある。貝類は日本の品揃えとかなり違うもののひとつなので、アサリ以外は敬遠気味だったのだけれど、マナさんはどんどんチャレンジしているのだという。

いまはもっぱらレシピで揃わない材料の代用からはじまって、そこからヒントを得ているくらいだけれど、そろそろレシピに頼らず、自分の創作や発見だけで、フランスならではの食材を美味しいものに仕上げられたらと思う。レシピ通りに作るより、時間の短縮にもつながるはずだ。

母親になって、料理に割《さ》ける時間も限られてきた。キッチンでは、私から片時も離れようとしない、2歳になった娘が足元にからみついてきて、遊んでくれとねだるから。手早くできて、かつ栄養とバランスのとれた献立をいちばんに考え、ゆとりのあるときに凝ったレシピに挑戦する。その緩急を使いわけねば……。

ふと見ると、どこで見つけてきたのか、娘が空き瓶でフランべの真似事《まねごと》をしている。子供は親のすることをじっと見ている。好奇心に満ちた瞳《ひとみ》で。どんな料理を作るにせよ、それが義務になってしまったら寂しい。まず自分が楽しんでやろう。見てもらうなら、そういう母親を見てほしい。改めてそう思わされる一瞬である。

何はなくともパンだけは欠かせない

体調がいまひとつで食欲がなくても、これだけは食べたいと思えるもの――。私にとって、それはパンだ。お米かパンかと問われれば、迷わずパン。よく〝最後の晩餐《ばんさん》〟には何を食べたいかという設問があるけれど、私ならおそらく「パン」と答えてしまうだろうほど、深く愛している。

私のパン好きの歴史がどこまで遡《さかのぼ》れるのか、はっきりした記憶はない。けれど、日曜日の朝に食べる、バターをたっぷり塗ったマフィンが楽しみだったり、母に手を引かれて青山《あおやま》の街を歩いては、美味しそうなパン屋さんでパンを買ってもらっていたから、かなり幼い頃からであることはたしかだ。

学生時代は、学校のある駅前の〈アンデルセン〉でお昼用にパンとお惣菜を買ってから学校へ向かうのが常だったし（正直に言えば、午後にクラブ活動を控えている日は、それだけでは腹もちが不安だからと、カツカレーなんかもガッチリ食べ直していたけれど……）、社会人になってからは、比較的ゆとりのある朝は、通勤途中にある富ヶ谷《とみがや》の〈ルヴァン〉に立ち寄り、会社に着くまでの車中でハンドルを片手に焼きたてのパンにかぶりつくのが小さくて大きな幸せだった。実家を出て、ひとり暮らしをはじめてからは、休日には自転車で代官山《だいかんやま》に出没し、〈アルトファゴス〉や〈ヒルサイドパントリー〉でパンを買うところから1日がスタートしていたものだった。

振り返ってみても、1日に一度もパンを口にしなかった日は、スキー部の合宿中を除いては、なかったのではないだろうか。

血筋というのもあるかもしれない。

母方の祖母の好物はパンだったそうだ。祖母の生きていた当時は、東北の地方都市ではそう美味しいパン屋さんに巡り会えることはなく、「美味しいパンをたくさん食べさせてあげたかった」と折りに触れて母は悔やんでいる。

東京で暮らしていた父方の祖父は、白髪でジーンズを穿《は》きこなす、孫の私から見てもハイカラで粋《いき》な人だった。現役時代から、連日のように続く割烹料理には飽きていたのか、料亭の座敷にいながら、店の外を通りがかった焼き芋の屋台にお使いを出してしまうようなところがあったそうだが、引退してからは素材そのものの味を好み、調理の手があまり入っていないものしか手を出さない傾向に拍車がかかった。そんな祖父の晩年のお楽しみのひとつは、近所にできた、フランスに本店を構えるパン屋さんに、毎朝焼きたてのバゲットを買いに行くことだったという。

祖父母ともに、シンプルなパンを好んだそうだが、そうしたパンの好みまで引き継いでしまった。この7年間、労を惜しまず、シンプルで奥深いパンを探し求めては自らの舌で確かめてきた。さすがはパンを主食とする国だ。美味しいパン屋さんはたくさんある。よく「パリでいちばん美味しいパン屋さんを教えて」と言われるけれど、これほど答えづらいものもない。人それぞれ好みがあるだろうから。

さらに、美味しいパン屋さんでも、職人さんによるのか、風味や食感に波があったりするから油断ならない。特に、夏の長いヴァカンス中は要注意だ。職人さんも休みを取るのか、需要の多いバゲットすら、普段とはまったく違うものになっていたりする。「手が足《た》りない」という理由で、この期間は製造を中止してしまう商品もあって、棚の上が物寂《ものさび》しい店もある。余計なお世話かもしれないけれど、パンを食べ歩く目的でパリを訪れる方がいたら、夏は避けたほうがいいと、忠告させていただきたい。

お気に入りのパン屋さんのアドレスはいくつか持っているけれど、私はパンの種類によって、こうした店を使い分けている。バゲットならここ、ヴィエノワーズリー（クロワッサンやブリオッシュなどの菓子系のパン）ならここ、サンドイッチや惣菜パンならここ、というように。

いちばん口にする機会の多いバゲットは、1区の〈ジュリアン〉か、5区の〈メゾン・カイザー〉の1号店。

〈ジュリアン〉の店の存在は、たまたま入ったイタリアンレストランで知った。前菜がくる前にサーブされた籠《かご》の中のバゲットを、あまりの美味しさにあっというまに平らげ、「レストランでパンのおかわりはしない」という自戒をあっさり破ってしまった。私の食べっぷりを見て、籠にパンを追加してくれたサービスの人が、食後にこのバゲットは自家製ではなく、〈ジュリアン〉という店で卸してもらっているものだと教えてくれた。それ以来、その〝バゲット・トラディショネル〟のなんとも言えない風味と、断面に気泡をたくさん持つ好みのスタイルにはまり続けて、はや数年が経《た》つ。

〈メゾン・カイザー〉の〝バゲット・モンジュ〟は、表面のクープの切り口も鮮やかな、ひと目でそそられるバゲットだ。〈ジュリアン〉のバゲットが都会的だとしたら、こちらは田舎風と言えるかもしれない。かすかに酸味が利《き》いていて、塩気もある、素朴な味わいだ。こちらも病みつきになるものがあって、一度など、窯《かま》から出たばかりの焼きたてにあたり、つまみ食いしながら歩くうちに、嚙《か》むほどに味わい深い、キメの細かい生地を追求したくなって、とうとう1本食べきってしまったこともある。

2店とも家から決して近くはないけれど、子供たちをベビーシートに乗せ、車を出してまでパンを買いに走ってしまう自分の情熱が怖《こわ》い。

朝食には、〈ボン・マルシェ〉のブリオッシュ。〈ボン・マルシェ〉のパンコーナーでは買うものがいつも決まっている。このブリオッシュと、気分によって、ブレッツェル。ブリオッシュは卵とバターのリッチな配合と、たちのぼるその濃厚な香りが私好みで、他の店の追随を許さない。ブレッツェルは乾パンのようにボソボソしているという偏見を持っていたのだけれど、友人から「〈ボン・マルシェ〉のは別物」と聞き、試してみたところ、本当に目から鱗《うろこ》だった。ブレッツェルなのに、モチモチしているのだ。トースターで軽く温めてからいただくと、モチモチ度と皮の香ばしさが増す。

夫が自分の店からクロワッサンを持ち帰ってくれた翌朝にはそれを食べる。よく生地の伸びた、断層の美しいクロワッサンだ。身内びいきも甚《はなは》だしいが、彼の店でクロワッサンを買って、それをつまみながら出て行ったマダムが、慌《あわ》てて駆け戻ってきて、「こんなに美味しいクロワッサンは久しぶり」と20個近くまとめ買いをしていったというエピソードもあるから、味のほうは信じてほしい。

彼の店のクロワッサンと同じく、シャラント産のバターが使われているのが、〈ラデュレ〉のクロワッサン。中でも〝クロワッサン・アンシエンヌ〟は、〈ラデュレ〉の他のクロワッサンよりこのバターの量が多く、ハイファットと知りながらも、ついついこちらのほうを選んでしまう。〈ラデュレ〉のクロワッサンの中には、くるみのペースト入りのものもあって、これも外しがたい。

天然酵母で作ったハード系パンや、ドライフルーツや木の実入りの、全粒粉やライ麦を使ったパンだったら、やっぱり〈メゾン・カイザー〉。いまはもう日本へ引き揚げてしまった親友のゆう子は、ここのブドウパンを教えてあげたらお父様がえらく感動したそうで、実家へ帰るたびにブドウパンを買って持ち帰っていた。彼女にとっての〝ハイジの白パン〟は〈メゾン・カイザー〉のブドウパンだったわけだ。

〈メゾン・カイザー〉の他にもう1店、こうしたパンが美味しい店がある。セーヴル通りにある〈オ・デリス・ド・セーヴル〉の週末限定のパンは、偶然見つけた掘り出し物だ。大豆ブームに乗って、ライ麦と小麦に大豆とエンドウ豆の粉がブレンドされた生地に、細かく砕いたひまわりの種やゴマなどが練り込まれている。なんともヘルシーなところが女心をくすぐる。さらに、時折歯に当たる、香り高いオレンジピールが素朴な味わいを引き締めていて、ヘルシーなだけに終わっていないところも秀逸だ。

街中によくあるような、何の変哲もないこぢんまりとした店なのだけれど、粉は日本にも入った〈ヴィロン〉のものを用いているらしく、その美味しさも納得なのだった。

曜日限定パンといえば、カメラマンの友人・篠さんが、私が出産で入院中、産院に持ってきてくれたパンも忘れがたい。篠さんの家の近所のパン屋さんで火曜日にしか焼かれないその長方形のパンには、アプリコットとレーズン、ノアゼットとアーモンドが入っていて、その控えめな量配分が、生地好きにはたまらなく嬉《うれ》しかった。産院で食べて感動を共にして以来、偶然火曜日に会うことがあるたび、彼女は私にそれをプレゼントしてくれる。

自国のものに強烈な誇りを持ち、外国から入ってきたものすら、自分の色に染めてしまうパリでも、最近は海外の最上級の素材をそのまま取り入れるようになった。そのひとつに、スペインのイベリコハムのサンドイッチがある。ベトナムサンドイッチが本国のものをフランス風にアレンジしたものだとしたら、このイベリコサンドイッチは、中味の具から挟むパンまで、スペインで世代を越えて継承されてきたやり方で入念に作られたものだ。

私はそれまで、パニーニのようなパンにはまったく興味がなかったのだけれど、このサンドイッチで開眼《かいがん》した。どんぐりを食べる豚の肉のかぐわしい芳香、

大好きなパンの中でも、特にバゲットとハード系のパンがお気に入り。焼きたてに出会うと、つい１本食べきってしまう。

４つの棚を組み合わせた本棚。
子供たちが眠ったあと、ひとりでゆっくり本を読む時間は至福のひととき。

通りはいつだって路上駐車の車で溢れているけれど、それさえもなんだか愛しく感じるときがある。

パリでは小さな頃から子供部屋は必要（上）。息子が引っぱるので、ランプは棚の上に（右下）。本を読むのは、本棚脇のこのソファー（左下）。

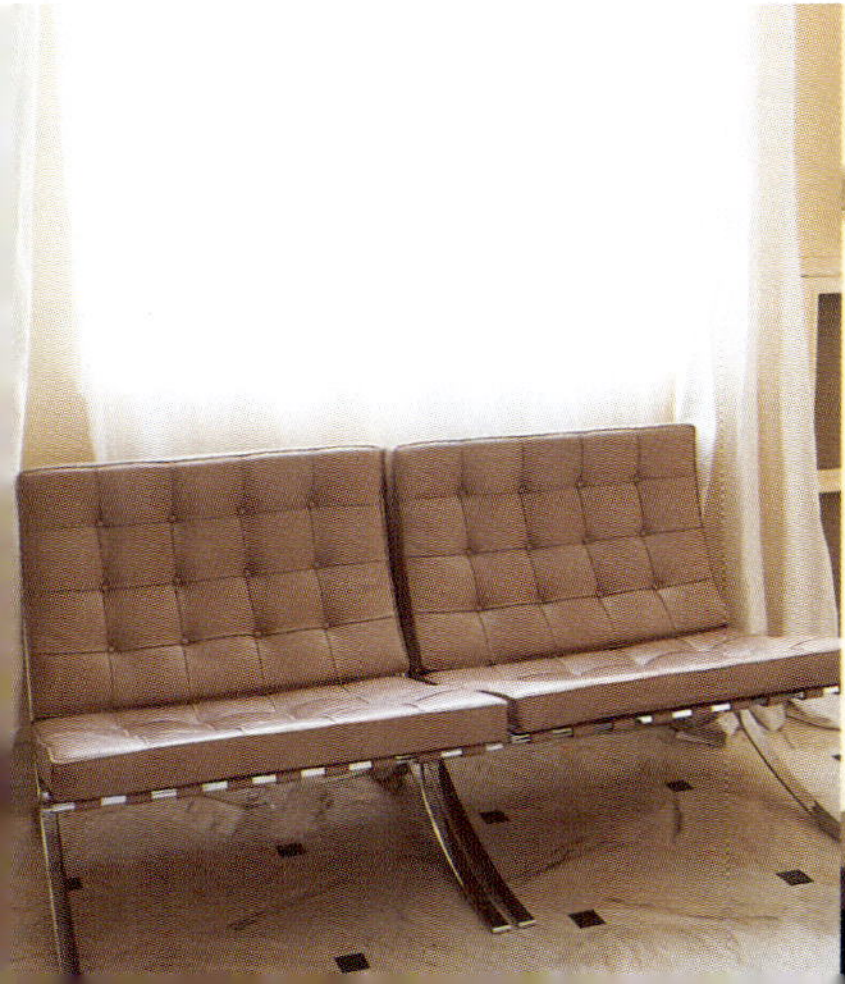

家の近くで週に３回マルシェが立つ。
もっぱら出掛けるのは「ビオ」の日。
野菜の味が濃くてみずみずしい。旬
の野菜は何よりのごちそう。

真っ赤な色の鮮やかさと粒の大きさに惹かれ、思わず手に取った苺はなんと4ユーロ。今晩のデザートに。

種類が豊富なフロマージュを見ると、いつもワクワク。最近はまっているのは、バゲットにフロマージュ、さらにバターを盛っての組み合わせ。

「コーヒーはもうちょっと大きくなってからね」。私の傍らで娘が自分に言い聞かせている。この時間の愛しさを彼女もいつか知ることになる。

結婚前、ひとりで本を読みに来ていたのがリュクサンブール公園。隣に子供たちがいるいまは、風景も心なしか柔らかく映るような気がする。

その旨味と脂身が舌の上で溶けてゆく感覚（イベリコハムを食べて、私は〝脂〟という文字が月偏に〝旨〟と書かれるわけが腑《ふ》に落ちた）、カタルーニャの極上の滑らかなオリーブオイル、同じくカタルーニャのどこまでも濃くて甘いフレッシュトマトのコンフィチュール、イベリア半島のチーズの王様・MANCHEGOのミルキーな風味……。

こうした、それぞれが十分に主張する素材をひとつのアンサンブルにまとめ、妙なる四重奏曲を奏でさせるパンは、この中味がみっちりとした酸味のあるパンでなければならないのだ。油脂の入っていない、皮と中味の食感を楽しむバゲットではなく、サンドイッチの具のひとつ、オリーブオイルが軽く練り込まれた、食感は控えめなスペインのこのパンでなければ。脇役としてのパンの良さを、私はこのサンドイッチ、その名も〝sandwich émotion〟（心高ぶるサンドイッチ）で知ったのだった。

日本でいくら美味しいパン屋さんが増えたとしても、フランスの気候と風土というスパイスは、そう簡単に加えられるものではない。住んで7年経ついまですら、パンの奥深さに感じ入る日々なのだから。

そういう意味では、クララの家で初めて目にした白パンに衝撃を受けた、ハイジの目線と変わりはない。祖父母が生きていたら、と思う。フランスへ来てもらうことが叶わなくても、ゆう子のように、せめて飛行機で持ち帰るのに。職人さんの情熱の結晶のパンに、私のémotionを込めて——。

美味しくて頼もしい、エスニック料理

どちらかというと、お米を食べなくても平気なほうだ。

学生時代から友人と海外へ旅行しても、どうしてもお米が食べたいから、今夜は和食屋さんを探そうよと言い出すのは友人のほうで、その誘い（というか懇願）には頷《うなず》いても、自分のほうから和食を提案することはまずなかった。

せっかく海外にいるのだから、その土地ならではの特徴あるものを食べたいというのもあるけれど、お米よりパンのほうが好きなことも大きい。

そんなところもパリの食生活に合っているのかもしれない。

パリに遊びに来る友人たちを見ていて気がついたことがある。「いいなぁ、私もパリで暮らしてみたい」と言う友人はたいていパン党で、「遊びに来るのはいいけど、暮らすのは私には無理だわ」と言う人はごはん党が多いのだ。

よくパリに留学すると、女の子は太っていくのに、男の子は痩《や》せていくと言われる。パリはパテやキッシュ、サラダなどのお惣菜や美味しいパン、お菓子といった女の子の好きそうなもので溢《あふ》れているから。しかも、そういうものはテイクアウトして手軽に食べられるので、あまり時間のとれないランチタイムに最適でもある。でも男の人はそうもいかない。かといってフレンチの〝menu〟（コース）も時間がかかるし、第一毎日では飽きる。

余談だが、「パリにも牛丼屋さんがあったら……」と言う駐在員は多い。日本で牛丼を食べたことのあるパリジャンも、そのコストパフォーマンスの高さに感動していたから、パリでも絶対に流行《はや》るのにと。

知り合いの駐在員氏の中には、お昼は毎日奥様の手作りのお弁当だという人もいる。家族をパリに呼び寄せるまでの単身赴任中は、毎日フレンチのランチ続きで、ついにはフレンチを目にするのも嫌《いや》になり、ガリガリに痩せてしまったそうだ。

家族がいるならまだいいと、もうひとりの駐在員の知り合いが言う。独身でパリに赴任してきた彼は、接待や会食のない夜は必ず〈十時や〉（パリにある日本食材屋さんのひとつ）のお弁当を買いに走るらしい。彼はかなりのワイン通でもあるのだが、年々日本への郷愁が増すというから、食生活は侮《あなど》れない。また、どんなにフランス料理に強い人でも、体が弱っているときは辛いという。お向かいに住む日本人マダムのMさんは、病院食のフレンチに箸《はし》をつけない知人のために、毎日手作りのお弁当を届けていた。フランスの病院食のレベルは決して低くはないのだけれど、心のこもった和食はきっと、その人の心と身体を癒《いや》したに違いない。

そういう私も、年々和食傾向が増してきている。息子を出産したときの入院中は、この病院食に辟易《へきえき》したこともあって、早く退院したくて仕方がなかった。夫は娘を連れて日本へ帰国していたので、家に帰っても新生児とふたりきりの慌ただしい生活が待っているというのに……。

出産は病気ではないから、病院食といっても普通のフレンチの〝menu〟と変わらない。前菜にメイン、そしてデザートかチーズ（さすがにワインは出なかった）。娘を出産したのも同じ病院だったから、食事の質の問題ではないと思う。あるいは、あのときは初産の興奮で食事のことなど考える余裕もなかったのか……。それが今回は、昼・夜ともにコースメニューというのがとても重たく感じた。

歳のせいもあるのかもしれない。娘のときは、退院したその足でお寿司屋さんへ向かった。新生児を抱き、お寿司を頬張《ほおば》りながら、しみじみ日本人でよかったと思ったっけ。今回は彼が仕事で日本に行っている最中なので、お寿司はもちろん無理な話だった。が、お向かいのM夫人が産院まで車で迎えに来てくれただけではなく、何か食べたいものはないかと聞いてくださる。私は本当に遠慮を知らない人間だ。気がつくと口走っていた。

「13区のベトナムサンドイッチが食べたいですっ」

コスモポリタンな街、パリのいいところは和食以外にも日本人の私たちの口に合う、美味しいものがたくさんあることだ。ベトナミアンもそのひとつ。フォー、ボブンにナム、ベトナム風オムレツといった定番ものの他に、結婚してからは在パリ15年の彼に教えてもらったメニューが増えた。

13区の〈K〉のベトナムサンドイッチは、その中でも私が特にはまったもののひとつ。チャーシューの薄切りに、ローストチキンをほぐしてそぼろにしたものを敷き詰め、にんじんのなますにキュウリと香草（パクチー）が挟まったものなのだが、初めて食べたときの感動は忘れられない。その後、本場ベトナムでも口にする機会があったのだけれど、私はむしろパリ版のこのサンドイッチのほうが美味しいと思った。

豚肉抜き、鶏肉抜きなど、他にも選択肢があるのだが、全部入りのこの通称「スペシャル」がやはりいちばん味に深みがある。ベトナムサンドイッチを売る店が13区には何軒かあるのだけれど、彼が〈K〉がピカイチというので、他の店に浮気をしたことがない。テイクアウト式なので、子供連れでレストランに入るには気が引けるときや、ピクニックの前に重宝している。

難を言えば、交通の便が悪いところにあるので、車でないとなかなか行きづらい点だ。M夫人に食べたいものを聞かれたとき、産後で、いわゆる〝洋〟しか口にしていなかった身体が欲したものはこのサンドイッチだった。M夫人には悪いけれど、幸いにも車だし、テイクアウトなら新生児に負担もかからず、人の迷惑にもならない。

このサンドイッチ屋さんの目と鼻の先に、これまた教えた相手に必ず感謝される中華料理店〈ミラマ〉がある。M夫人は「パリの他の中華にも、日本にもない味と品揃え」だと、1週間に一度は通っているというハマリようだ。日本の中華の幅広さには目を見張るものがあるけれど、この13区の〈ミラマ〉は、舌の肥えた料理好きをも唸《うな》らせるものがあるようで、パリに遊びに来たことがある母にいたっては、星つきレストランにも連れていったのに「〈ミラマ〉がいちばん美味しかった」といまだに言うほどの思い入れである。

店の雰囲気は、はっきり言って洗練とはかけ離れているし、メニューはなんだか本場中国のものとも日本版中華とも少し違って難解で、しかも注文のフランス語が伝わりにくい、という三重苦的特質を持つけれども、それでもなおお薦めしたい店だ。

中国人も同国人と見間違うほど、それっぽいオーラを放つ夫（中国人にひと言「ニイハオ」と返したら、そのあと怒濤《どとう》のように話しかけられた経験を持つ）に注文はいつも任せっぱなしなので、女友達だけで行くときは、カタカナでメニューを書いたメモを携帯するのだけれど、まわりの人が食べているものでそそられるものがあったら、それを指させば間違いない。とにかくメニューの品数がすごいので、M夫人は行くたびに、お気に入りの料理に加えて、新たなものを一品ずつ開拓しているそうだ。

他にも韓国料理にインドシナ料理、モロッコにレバノン……。パリで目覚めたエスニック料理は数知れない。昔から異文化を上手に取り入れてきたフランスだけに、どの各国料理も少しずつ本国とは違う、フランスならではの味わいになっているように思う。私もまた、その中で未知の味にチャレンジし、本当に好きなものを淘汰《とうた》してきた。焼き肉を食べたいけれど、チャプチェも食べたいから、和の焼肉屋さんではなく、韓国料理店にしようなどと、気分によって外食する店を使い分けている。そういった店はまた、子供連れでも入りやすいのが嬉しい。

子供が幼いうちは外食を控えるべきだとも思う。けれど、多種多様で充実したアジアンやエスニック料理は、子供ができたからといってライフスタイルをガラリと変えるのではなく、自分たちの好むものに近い形にシフトさせていけばいいのだと思わせてくれる頼もしい存在だ。

子供には素材そのものの味を伝えたい

「食育」という言葉を、日本で初めて知った。子供たちの健全な心身の成長に「食」がいかに重要か、子供たちの「食」に対する「心」と「知恵」を育《はぐく》もうとする動きが、このところ日本で盛んだという。そうした「食」への意識の向上を嬉しく思いながら、ふとひるがえって考えてみると、ヨーロッパでは特別にそれを指す言葉が見当たらないほど、すでに当然のように人々の生活に根づいたものであることに気がついた。

パリへ来たばかりの頃、通っていた語学学校の先生の提案で、農業博覧市を見学したことがある。各地方の食材や名産、加工品などが陳列されたブースが巨大な倉庫にひしめき合っている。しかも、そうした倉庫がいくつも連なっているような大がかりなものだったので、半日かけてもとても見つくせるものではなかった。フランスは農業国であるという、圧倒的な事実を目にした機会だった。先生が語学の授業をつぶしてまで見せたかったものの意味がわかるような気がした。

こうした大規模な市が年に一回はあるほか、区ごとにあるようなマルシェを通して、パリの子供たちは都市に暮らしながらも農業を身近に感じていく。露天商の人々が今朝並べた食材からその旬を知り、切り分けられていない丸々一尾の魚などから、食材そのものの姿や、その命を学ぶ。野菜に果物、肉や魚、卵に乳製品……。親に手を引かれて各屋台を練り歩くだけで、田畑や牧場や海で、野菜や動物が育てられて食卓にのぼるという、食の生産、流通、加工、調理の過程を漠然とながらも理解する。少なくとも、たくさんの人々が関わってはじめて、いま自分が食べることができているということを肌で感じるようになる。

自然や食べ物、それに関わる人々への感謝の気持ちを育む、そんな環境が整っているのだから、家庭でできることも疎《おろそ》かにしてはいけないと、強く思う。たとえば、子供ができてから以前にも増してこだわるようになったビオ(有機農法)。無農薬で安全だからという理由で手にしだした有機野菜の特筆すべきは、その味わい深さ。香りや食感、甘みや酸味の他に、苦みや土臭さも残されていて、これぞ野菜といった味がする。子供の頃に食べた食べ物の味が、その人の味覚や食べ物の嗜好《しこう》を一生にわたって左右するというから、きちんと野菜の味がするものを与えていきたい。おのずとスープストックも鶏ガラと有機野菜をコトコト煮込んだ、手作りのものに行き着いた。

スープストックといえば、彼からこんな話を聞いたことがある。彼の調理師学校時代の恩師であるT氏はフレンチのシェフなのだけれど、お子さんがまだ小さかった頃、自ら離乳食を担当されていたのだそうだ。店で作る手のかかった本物の、しかも塩もちゃんと決まっているスープストックで育てられた子供たちは、奥様が非常時用に用意されていた市販の離乳食には頑として手をつけなかったという。彼らにとっては、これぞおふくろの味ならぬ、親父の味だったのだろう。

子供の舌は本当に正直だ。私の子供も野菜らしい野菜を美味しいと言い、味つけも素材そのものの味が生かされた、優しい味を好む。そんな姿に背中を押され、自分たち、大人が口に入れるものにもより注意を払うようになった。基本のだしの素材やしょうゆといった調味料も質の良いものを心がけている。幸い、日本へ帰る機会も少なくないので、帰国するたび、そういったものを取り寄せておいては持ち帰るのが恒例になっている。

化学調味料は使わず、すべてイチから作っているそんな私の姿を伝え聞いて、あるフランス人マダムが彼に洩《も》らしたことがある。ひと言「塔子は暇なのね」と。それを聞いて正直悲しい気持ちになったけれど、私のできる数少ないことのひとつなのだから、と思い直した。

彼女のように仕事を持つ女性の多いフランスでは、たしかにやさしいことではないのだろう。市販の離乳食も、だから安全で質の良いものが充実している。私もいずれ、いまよりも余裕がなくなってきたら、そういうものに手を伸ばすこともあるかもしれない。でも、少なくとも子供たちの心身の成長にとって大事な時期であるいまは、自分に捻出《ねんしゅつ》できる時間がある限り、徹底してやってみたいと思うのだ。

海外で暮らしているからこそ、「日本の心」というものに敏感でいたい。そうした思いもこちらで家族を持つことになって、より鮮明になってきた。

以前、彼が日本の和菓子の名店〈一幸庵《いっこうあん》〉さんとコラボレーションを行なったとき、そこのご主人に素朴で味わい深いお豆をいただいたことがある。季節は2月、ちょうど節分の頃だった。手にした薄いうぐいす色の豆は、手に、そして胸にずしりときた。豆を手にすることで日本人だけが感じ得る、この郷愁を子供たちに伝えることは自分の使命だ、とすら思わせる、そんな響き方だった。四季折々の行事はフランスも多いけれど、そうしたフランス産の行事に交えて、日本の季節の行事も大切にしたい、そう思った。せっかく両方の文化を味わえる境遇にいるのだから。

1月に〝ガレット・デ・ロワ〟(コクのあるアーモンドクリームをパイ生地でサンドして、表面に柄を切り込み焼き上げたお菓子)で新年を祝ったあと、2月の節分の豆まきで鬼はらいをする。暮らしに彩りを添える行事を通して、日本とフランスの双方の文化に相通じるところ、あるいはその違いを子供たちが感じ取ってくれたら幸いだ。

3月の雛祭りに5月の端午の節句、お正月といった祭事にも、日本ならではの「食」は重要な盛り上げ役となる。ちらしやいなり寿司、太巻きといった見栄えのする大皿料理は子供たちも大喜びする。おせち料理には食指が動かされず、正月といえば何はともあれ明石《あかし》の焼鯛《やきだい》だった実家での慣習が忘れられず、鯛一尾を買い求め、串に刺して角がくしをし、塩をふって網焼きにしたこともある。そうして焼き上がった鯛のお味は明石の焼鯛には及びもつかなかったけれど、正月気分を味わうのには十分だった。

祭り気分を盛り上げるには器もはずせなくて、お重や漆器も慈《いつく》しんでいる。使うたびに母が丁寧に拭《ふ》き上げているのを見て育ったので、そういうものに向き合う姿を見せることも「食育」の一環になるような気がする。

子供たちには日本人としてお箸の使い方の美しい人になってほしい。それは家庭での私の務めだと思うが、ナイフとフォークに関しては、さすがはマナーの国、外で身につけてくる機会が少なくない。

友人のM夫人には幼稚園に通うお嬢さんがいるのだけれど、カンティーン（給食）で皆がやるように、いつからかお皿に残ったソースをバゲットで拭《ぬぐ》うようになったそうだ。子供にとって、何より影響を受けるのは同じ年頃の子供たちなのだろう。そういう私の娘も、そのお姉ちゃんの真似をして、必ずナプキンを膝《ひざ》の上に置き、右手にナイフ、左手にフォークを持ちたがる。所作《しょさ》はまだまだおぼつかないけれど……。

お皿のソースを拭う行為に「フレンチやねぇって言ってるの」と笑って報告してくれるM夫人に、別のフランス人の友人が控えめに口を挟む。「でも、それはレストランではやらせちゃダメよ」と。こういう友人が子供たちの食事風景をチェックしてくれるのは心強い。こうしたまわりの大人の目に晒《さら》され、よくできたときには褒められて、子供は身体で覚えていくのだと痛感する。かなり庶民的なクレープ屋さんへ行ったときでも、何に驚いたかというと、子供たちの躾《しつけ》の行き届いたマナーだった。どんな国籍の子供たちも皆一様に姿勢良く席について、慣れた手つきでクレープを切り分け、口へ運んでいたのだった。

マナーは子供自身が覚えたいと思わなければ本当の意味で身につかないと思うので、〝特別感〟を持たせる上でも、外食にはできるだけ連れていきたいと思っている。けれど、それには店を吟味することが大前提だ。店によっては、子供を連れていくこと自体がマナー違反になることもちゃんと教えたい。だからこそ、そうした店の敷居を跨《また》げたときの喜びも人一倍になるだろうから。

一生の中で「食」ぐらいつきあいの長く、深い営みは他にないのだから、マナーもそれを一層美味しく、楽しくさせるためのひとつの手段として身につけていってほしい。それこそ、それを改めて「食育」と呼ぶのが憚《はばか》られるほどの当然さで。

スイーツはシンプルなものがいちばんだ

パティシエの彼と結婚してから、いままで言う「スイーツ」についての取材依頼が増えた。「スイーツ」が特集されていた某雑誌をパラパラとめくっていたら、ライターさんを含めたスタッフの方々が、数々のパティスリーを食べ歩いていたのだけれど、彼のお菓子を口にした方のひとりが「雨宮塔子が羨《うらや》ましい！」と口走っていらしたのを発見してしまったこともある。

みんな、みんな誤解している。

私は料理にはほとんど好き嫌いがないのに、お菓子の許容範囲が狭く、彼からは本当のお菓子好きではないと言われている。ムース仕立てのものには食指が動かないし、生クリームは食べられない。メレンゲやマシュマロもNG、ヌガーの入ったチョコレートにいたっては、人目も憚らず口から出してしまったこともある。だったら食べるなよという噂もあるけれど。

あれはフランスのグミのようなお菓子を初めて食べたときだ。電車を待つホームで「おひとつどうぞ」と差し出され、断わるのはその人を傷つけると勘違いした私は、そのグミから苦手ビームが出ていたのにもかかわらず、それを口に入れた。予想通りの食感と人工的な味だった。しばらく我慢して舌の上で溶けるのを待っていたけれど、鳥肌が立ってきたので、その場をひとりそっと離れた。最悪なことにティッシュを切らしていた。でも、どうしてもそれを口から取り出さなければならなかった。一刻も早く。迷わず素手でそれをつかみ、ゴミ箱を探そうとしたところ、乗り込む予定の電車がホームに滑り込んできたので、慌てた私は何を思ったのか、ホームの溝にそのグミを埋めようとしたのだった。その光景を私の頭上から眺《なが》めていたのが田崎真也《たさきしんや》さんだった。人間性を疑われたのは間違いない。

それ以来、嫌いなものははっきりとそう言い、苦手なものを克服しようとする探求心を捨て、いまに至る。彼のお菓子の中にも、切らしては生きていけないものもあるけれど、そうでないものは口にしないので、いまでは私のお菓子の好みをはっきり把握している彼は、新作の試食用を除いては、決まったものしか持ち帰ってこない。新作へのコメントも打てば響くようなものを返せてはいないと自覚しているので、ましてや取材で他人様《ひとさま》の作ったものを批評しようなんて気もさらさらない。

かといって、お菓子がまったくない生活はやはり想像がつかない。パリに住むようになってからは、食後に必ず何か甘いものをつまむのが習慣になってしまった。ひとり暮らしの頃からだ。小洒落《こじゃれ》たパティスリーでさえ、ケーキをひとつしか買わなくても気兼ねがいらない気安さがある。私の通っていた語学学校は、パティスリーの激戦区の6区にあったこともあって〝○○店の××が食べたい〟と思ったら、学校帰りに立ち寄って買えた。

また、ブーランジェリー（パン屋）がパティスリーを兼ねていることが多く、パンを買いに入ったつもりが、併設されているパティスリーのショーケースの中の季節の果物を使った色鮮やかなタルトを眺めているうちに、それまで注文してしまうこともよくあった。パティスリーやブーランジェリーで受け取ったスイーツを、口に運びながら店を出て行くパリジャンに誘発されたこともある。

そういえば、スイーツは苦手で、口にするのはサレだけという男性が好みだったけれど、タルトやエクレアを手掴《てづか》みで食べたあと、指についたクレームか何かをさりげなくしゃぶるような仕草も見ていて悪くないなと思い直したのも、パリに来てからの変化だった。

結局今日まで、お菓子を口にしていない日はほとんどない。私の大好物の彼のミルフイユにすら食指の動かなかった妊娠初期は、このまま夜中にケーキを食べるという忌《い》むべき習慣を断てるかと喜んだものの、彼が妊婦はレモンとばかりに差し出してくるタルトシトロンのほどよい酸味と香りにノックアウトされ、結局ふだん以上に食べてしまっていた。しかも、妊娠も中期を過ぎた頃は、食べ物の嗜好もすっかり元に戻り、それはスイーツに関しても同じだった。

唯一口にする機会がめっきり減ったのが「ショコラ・ショー」だろうか。

学生だった当時は、カフェに行くのが日課だった。家にいると、本や雑誌、テレビや映画の誘惑に負けてしまうので、日々の宿題や仕事の原稿、レポートや論文の作成まで、カフェに持ち込んでやっていた。そうしたものに取りかかるには、ショコラ・ショーで血糖値を上げることが必要だった。上等のショコラを溶かした濃い飲み物がまず舌の上に乗り、ショコラの芳香を鼻に抜けさせせながら、口の奥へと通過していく。そのシルクのようになめらかな喉《のど》ごしにうっとりとして、ペンを持つ手が止まってしまったことも度々ある。

カップ一杯を飲み干してしまうと妙に満ち足りて、そのまま広げたノート類を閉じて、帰り支度を始めてしまうことすらあった。高カロリーを摂取しておいて、この収穫のなさはなんなんだと自分の情けなさを呪《のろ》いながら……。

乳児と幼児のいるいまは、さすがにふたりを家に置いてカフェにしけ込むわけにはいかない。血糖値を上げずには取りかかれないことも、家で、しかも子供が寝静まった隙《すき》を見てやらなければならなくなった。その限られた短時間に注ぐ集中力は上がったけれど、〝書くモード〟にスイッチさせるのに、いまだにスイーツの助けがいる。彼が月に一度くらいのペースで仕事で日本に戻るので、その間は彼のケーキを持ち帰ってくれる人もいなくなる。その10日間ほどの間、私が隠れ食い（?）している、独身時代からのスイーツを挙げてみたい。

私は朝よく〈ダノン〉の「ビオ・アクティブ」というヨーグルトを食べている。さっぱりとした口当たりで、かつクリーミーな喉ごしに飽きがこず、ここ数年このナチュラル味に落ち着いている。けれど、朝以外の、デザートに食べたくなるようなヨーグルトが、実はもうひとつある。

〈ヨープレイト〉の「パール・ドゥ・レ」――。ミルクの真珠という商品名も納得の、ゴージャスなヨーグルトだ。ひとことで言って濃厚。ナチュラル、バニラ、レモン、ココナッツと風味もさまざまだけれども、どれも美味しい。カメラマンの篠さんにも前に紹介したところ、ヨーグルトなど食べる習慣もなかったのにはまってしまい、このせいで最近太ってきたと愚痴をこぼされている。たしかに、このヨーグルトは濃厚なぶん、他のヨーグルトよりも多少カロリーも高いような気がする。デザート性が高いので、ビフィズス菌が腸に届くのなんのといった効果も薄そう。だけど「デザートにヨーグルト？」といった偏見を打ち砕かれるので、是非一度食べてみてほしい。

ハイファットと知りながら、これまたやめられないのが〈スノーブル〉の「ル・フォンダン・オ・マロンコンフィ」。栗好きな私がパリに来て食べ歩いた結果、栗の加工品はこれがいちばんと惚《ほ》れ抜いた逸品だ。プリンでもなく、ムースでもなく、これがフォンダンなのだと教えられた食感。ムースのように舌で溶けるように軽いわけでも、プリンのように歯をあてなければ崩れないわけでもない。上あごでそっと押さえると、その栗の芳香が口に広がって、喉の奥へと消えたあともたしかな口溶け感が舌の上に残る。表面にはバーナーをあてたような焼き色がついていて、目にもそそられる。しっかりとした味なので、ひとつは食べきれないと思いながらも、いつも完食してしまう。

このマロンのフォンダンが置いてあるスーパーへ行くと、家の冷蔵庫によくあるのを見て知っている娘が、勝手に買い物カゴに投げ込んでくるので、今日は手を出さないでおきたいと思っても、かなわない。

最後に〈フェルム・デ・ププリエール〉のキャラメルプリン。これは彼の嗜好品だったのが、ある日「ボン・マルシェに行ったら、鶏のマークがついたプリンを買ってきて」と頼まれて買ったのが出会いだった。〝パリまで来てプリンなんて……〟とそれまでプリンコーナーは素通りしてきたのだけれど、食べてみると、これぞおフランスの味だった。使われている素材ひとつひとつが厳選されていることがよくわかる。上質な卵と牛乳が、素朴なお菓子をとてもリッチなデザートに仕立て上げている。

ここに挙げた3つは、すべて〈ボン・マルシェ〉や〈モノプリ〉といったスーパーで買えるものばかり。パリで学生をしていた頃から欠かしたことのない私の定番ものは、いまでも変わることなく手に提《さ》げたカゴに収められていく。

それにしても、私がこよなく好きなのは、ずっと変わらずシンプルなお菓子だ。素朴ゆえに、素材の善し悪しがストレートに出てしまうようなお菓子。「スイーツ」というより「お菓子」と呼ぶほうが似合うようなもの。だからパティスリーもそのショーケースにあるケーキも、自然とそういったものを選んでしまう。

でも、レストランで最後にサーブされる「デセール」だけは別だ。皿盛りのデセールは、スイーツとしてよりも、料理として味わいたい。特にデギュスタシオンメニューのような、シェフのお勧めに従うコースの場合は、最後のデセールまでバランスが考えられているので、素直にシェフの見せてくれる世界を堪能《たんのう》したいと思っている。こうしたデセールは、「ハレ」として、レストランで食事をすることの楽しみのひとつにする。家と、そしてレストランでいただくデセールとの接し方は、私にはこのぐらいが心地いい。

装うこと

＊

costume

役割を楽しむのも、おしゃれをするのも、自分のため

パリに暮らしてからというもの、私にとっての〝おしゃれ〟という言葉の意味がどんどん抽象的になってきているような気がする。

「パリはおしゃれな人が多いんでしょ？」

よくそう聞かれるのだけれど、ある意味では東京の街中で見かける女性たちのほうがよっぽどおしゃれにしていると思う。よく手をかけた髪にネイル。ナチュラルに見えるけど念入りな化粧、ほどよく流行を取り入れたコーディネート……。

だけど、〝おしゃれにしている〟のと〝おしゃれ〟なのとは、なにかが違う。それが日本から帰仏後、久しぶりにパリの街に出て、行き交う女性たちが素敵に映る理由かもしれない。

つねづねパリは大人の女性が素敵だと思っていたけれど、出産してから特に

子供連れの女性に目がいくようになった。
ボン・マルシェ界隈《かいわい》を颯爽《さっそう》と歩いていた女性。白のクロップドパンツにキャメルのロックTシャツ。サングラスの色もキャメルで統一している。ロックTシャツなのに上品に見えるのは、その姿勢の良さと、一目で上質とわかるハイヒールだろうか。彼女の傍《かたわ》らには、まだ4、5歳の女の子が母親に遅れを取るまいと大きな歩幅で歩いていた。ヨーロッパの女性たちの歩き方が美しいのは、こうして幼少の頃から鍛えられているからではないだろうかと思うぐらいに。

子供の手を引くこともなければ、子供の歩くペースに合わせて足取りを緩めることもない。それは母親らしくないとか冷たいとかいうことではなく、すでに一個の人格とみなしているような毅然《きぜん》としたものを感じさせた。おそらく、その女の子にとっても、横にいる女性は母親であると同時に、魅力ある、ひとりの女性なのだろう。

よくジムで顔を合わせる女性がいる。ジムという場所柄のせいか、カジュアルな服装で現われることが多いのだけれど、最高級のカシミア使いで有名な

〈ルシアン　ペラフィネ〉のセーターだったりする。彼女については、小学校低学年の娘さんとふたりで暮らしているということぐらいしか知らない。〈ペラフィネ〉だけでも数枚は持っている彼女の私生活について、興味を持ったことも、正直あった。

それがある日、バスの中から彼女の姿を見かけて、そんなことはどうでもよくなってしまった。通りの向こうから母のほうに駆け寄ってきた女の子を、彼女はカシミアに靴底の泥がつくのもお構いなく、力強く抱き上げていた。いつも笑顔が素敵な彼女がいっそう相好《そうごう》を崩して。

子供と一緒のときは、思いっきり遊べるように汚れや乱れを気にすることのない服装に、動きやすいスニーカー、という考えももちろん素敵だと思うけれど、どんな状況であれ、自分のおしゃれなスタイルを貫くことも、同じように素敵なことだと思う。ただし、それは揺るぎなく貫き通すことが大前提だけれど。

彼女があのときもし、泥のついた靴を見て少しでも顔を曇らせたのなら、〈ペラフィネ〉はちっともおしゃれには見えなかっただろう。子供を抱えて歩くハイヒールの足下がふらつくとしたら、それはおしゃれな人とはほど遠いものになってしまう。

〈働く女性〉として、〈妻〉として、そして〈母〉として……。日本でも、一女性がさまざまな顔を持ち、それぞれのシーンで充実し、おしゃれで輝いた時間を送りたいと思っているという記事を読んだ。まさにそれを地でいくようなシーンをパリで目撃したことがある。

助手席の女性が運転している男性のほうにおもむろに手を伸ばすと、なだめるかのように首筋を優しくさすりはじめた。隣の車道で同じように運転していた夫が、それを見て羨《うらや》ましそうに呟《つぶや》く。男っていうものは、あれが必要なんだよと。フランス人女性は強くてきついけれど、男にちゃんと隙《すき》も与えているのだと。

私としては、彼女が男性の心理掌握に長《た》けているというよりは、ふたりでいる車内の時間を素直に楽しんでいるように見えた。フランス人女性が〈妻〉としての顔の他に、さらに〈恋人〉としての顔を大事にするのは周知の事実だけれど、おそらく朝になれば彼女は〈母〉の顔になって、今度は自分のいた助手席に愛児を乗せ、学校まで送っていくのだろう。送り出すときは、とびっきりの笑顔でビズ（挨拶《あいさつ》のキス）をして。

さまざまな役割を〝演じる〟のではなく、心から楽しむ術と、精神的なタフネスにはいつも感嘆してしまう。でも彼女たちのそういう姿に、ひとつひとつ役割を果たすのも、おしゃれをするのも、誰のためでもなく、自分のためなのだと、改めて教わるような気がする。

絶対的に信頼できるお直し屋さんは貴重だ

パリに来て味をしめたもののひとつに、〝お直し〟がある。

そりゃあ、自分の体型にぴったり合う、お直しいらずの洋服に、いつも巡り会えればいいにこしたことはない。実際、〈バルバラ・ビュイ〉という店のパンツを穿《は》いていると、必ずどこのものか聞かれるのだが、そういう体型に合った店もある。なんでもデザイナーのバルバラさんご自身にベトナム人の血が混じっているとかで、XSからあるサイズ展開や、パンツのラインが東洋人にも合いやすいのだ。日本から遊びに来た友人を連れて行くと、試着してまのあたりにする、我と我が美脚ラインぶりに声を上げ、まとめ買いしていく人も少なくない。一度なんて、サイズ切れのため、そのときは買えずにパリをあとにした友人に頼まれて、再入荷してもらったパンツを日本へ送ったこともある。

私が〝お直し〟にはまったのも、元はこのブティックがきっかけだった。

〈バルバラ・ビュイ〉のセールのときだったと思う。一目で気に入ったパンツがあったのだけれど、セールだったために、私のサイズはすでに売れてしまっていた。それでもあきらめきれず、ひとつ上のサイズを試着してみたところ、ラインは少しゆったりめに穿きたいそのときの気分にマッチしていて、問題はなかった。ただ、ウエストだけは腰にひっかけて穿くようにしても、大きすぎた。ウエストだけ詰めてもらえばいい……。私はひとりごちて、そのパンツを手にレジへ向かった。

「セール商品は、お直しのサービスはやってないんですよ」

この店は、セール期間中以外でも、お直しには若干の料金を課すらしいのだけれど、セール商品は、お金を払っても扱ってはくれないという。がっかりしてそのパンツを棚に戻そうと背を向けた私に、店員さんはおずおずと付け足《た》した。

「お客様さえ差し支えなければ、私どもが委託しているお直し屋さんを紹介します。腕は確かで、信頼できますから」と。

聞いたアドレスが、当時住んでいた私のアパルトマンから歩いて10分もかからない距離にあったのも、自分でお直しに出してみるにずみになった。マレにあるその店は、表向きはテーラーなので、男物のスーツをメインに扱うのだけれど、客層を見ると、おしゃれで品のいいムッシューに混じって、毛皮の貫禄マダムがいたりして〝口うるさいブルジョワを頷《うなず》かせてきた店〟的雰囲気が漂っている。インテリアやデコレーションにも、こだわりが窺《うかが》える。

パリの地域にひとつは必ずあるお直し店は、その雰囲気によって大きくふたつに分けられる。やっているんだか、いないんだかわからない、商売っ気ゼロのオヤジ系お直し店と、小ぎれいで洗練されたマダム系お直し店とに。

このお店は、間違いなく後者に属していた。オヤジ系でもマダム系でも、やはり顔となる店主の腕やセンスが最大の客引きになる。かれこれ6年以上のつきあいになる、マレのお直し屋さんのヤコブは、洋服本来のパターンの美しさを殺すことなく、その人の体型に見事に合わせられる腕を持っている。

たとえば、腰回りが微妙にだぶつくパンツを、ヒップの丸みを帯びたラインを残すため、両サイドからつまむ労を厭《いと》わない。サイドにするとつまむのはほんのわずかで、しかもポケットまでついているので、直しづらいのにもかかわらず。そのまま、太腿のラインに自然につなげるべく、股の合わせ目まで少々つまんでくれたこともあった。

服の美質を生かすために、こちらの要望を聞かないこともある。長すぎるトレンチコートの丈《たけ》詰めに行ったのに、キミの言うラインに切ったら、このトレンチの格好良さが半減するよ、と押し切られたこともある。でも、出来上がってきたものに袖を通すと、彼の言っていたことは間違いではなかったことがよくわかる。

ちょっとデザインが古いけれど、捨てるには忍びないジャケットも、ここで再生させた。大胆にも革やスエード類を出したこともある。彼のセンスを信頼し、お直し物が出るとヤコブのところに持って行く。家族を持ち、引っ越して、遠くなってしまったいまでも。

試着し終わり、彼を呼ぼうと試着室のカーテンをめくると、私の子供をあやしている彼のシルエットが見える。店の入り口から射し込んでくる陽だまりの中で。独身の頃は言い寄ってきたこともある彼のそんな姿に、わずか数年前には想像もつかなかった光景に、思わず声をかけるきっかけを失う。

お直しするのは服ばかりではない。

靴のお直し屋さんについては、目下2店を使い分けている。私の歩き方が悪いのか、元から踵《かかと》が減りやすい上に、パリではよく歩くため、それに拍車がかかっている。さらに、石畳やメトロの空気孔で無様にヒールの踵をとられてしまうこともあって、靴直しの利用率は高い。

そんな私の駆け込み寺的存在が、隣駅にある靴直し屋さん。駅ビルに入っているお直し屋さんのような佇《たたず》まいのその店は、晩年のイヴ・モンタンのような店主がひとりで経営している。

お直し屋なのに店内は仄《ほの》暗いし、店主の貫禄のありすぎる物腰に入るのをためらっていたのだが、ある日、思い切って扉を叩《たた》いてみたら、なんとも味のある、いい親爺《おやじ》さんであることがわかった。なぜもっと減りの浅いうちに持ってこなかったんだ、と片眉を上げながらも、そのヒールの踵をものの5分で直し、今度からはもっと早めに持ってきな、とポンと寄越してくれた。

所要時間があまりかからないせいなのか、彼のキャラクターに拠《よ》るのか、無駄話をしたりすることはほとんどない。それなのにベルトの穴通しに出したお金を、黙って突き返してきたりする。こういうことをされると行きづらくなるのだけれど、この親爺さんのご好意にだけは、ありがたく甘えたほうがいいような気がして、一度出したお金を財布に戻したこともあった。

この店が靴版オヤジ系お直し店だとしたら、もう一店はマダム系だ。イヴ・モンタンがその場で直してくれるミスターミニットであるのに対し、こちらはその日に受け取れることはまずない。そんな〝芸風〟もあって、急ぎや軽傷のときはモンタンに、じっくり直してもらいたいものや、繊細な靴はマダム店に託している。

そのマダム店を知ったのも、靴屋さんの紹介でだった。私の愛する靴のひとつ〈ピエール・アルディ〉は、パリの何軒かのセレクトショップでも扱われているのだけれど、22・5cmの私の足のサイズは、パレ・ロワイヤルにあるパリ直営店がいちばん揃っている。それなのに、私の気に入ったそのピンヒールサンダルは、23cmからしかないのだった。それより下のサイズは、売り切れたのでもなく、元から作っていないのだと言う。

ミニールやサンダルは、自分の踵より靴がはみ出していてはならない。その条件は辛《かろ》うじて守れていたものの、ストラップがゆるく、歩いてみると落ちてくる。これでは靴の美しさが台なしだった。あきらめ顔の私に、またしても待ったがかかった。ウチが頼んでいるいい靴直しの職人がいると。彼でもできなかったら、靴を返品してもらって構わない、と。

正直言って、内心セールでもない高級靴をあきらめる理由を探しているところもあったのだけれど、こうまで言われて無下に断わったら女が廃《すた》る。私はその店員さんの情熱に身を委《ゆだ》ねてみることにした。

ご丁寧にも自筆の手紙を持たせてくれた店員の彼が示したアドレスは、マドレーヌにあった。レジの女性にその手紙を見せると、オーナーを呼んでくるから待っていろと言い残して、店内の奥に消えてしまった。この店は、お直しだけではなく、自身がデザインした靴も売っているらしい。ショーウインドーにディスプレイされた、美しいとは言い難いそうした靴を見ながら、何か大変なことに巻き込まれているのではないかと思い始めた矢先、オーナーが現われた。想像したよりずっと若いオーナーは、すでに電話で話は聞いていると、私に件《くだん》のサンダルを履かせ、さっそく点検にとりかかった。白衣を着た眼鏡の君の、その誠実な姿勢にとりあえず安心する。その彼が出した結論は、ヒールが高いので、中敷を入れたら耐えられないだろうから、そこはいじらない。その代わり、ストラップを短くする。途中で切ると、つなぎ目で太さが変わってしまうので、サイドを一度開いて、底にストラップの両端を入れ直してみるという、100%納得のいくものだった。

1週間後に引き取りに行って、その出来映えと良心的な価格にびっくりした。それ以来、その靴とその店を愛用している。

どんなにデザインや見た目に惹《ひ》かれて買い込んだとしても、またその折々の流行に飛びついても、どこか自分に合わなくて着心地の悪い服や、履いていて疲れる靴は、結局クローゼットの奥に眠ることになる。

自分の身体の特徴を、コンプレックスのカバーの仕方まで含めてよく心得ていて、試着の段階で合格しないものには手を出さない、というのも潔いに違いない。けれど、絶対的に信頼しているお直し屋さんを持っていることは、ときにおしゃれの幅を広げ、冒険心を満たしてくれることになるとも思うのだ。

リサイクルでコーディネートを活性化

物を捨てられない父と、なんでも処分したがる母――。これは一般的に男性と女性の性格的特徴とも言えるのかもしれないが、私の両親はまさにこの両極端にいる。

なにかひとつの物事に興味を持つと、とことん突き詰めねば気の済まない性分の父の書斎は、コレクター垂涎《すいぜん》のクラシック・カメラや時計、何十本もの万年筆、葉巻にまつわる小物などでごった返している。さらに、編集者であったという職業柄、壁全面作りつけの本棚に入りきらない本がダンボールに山積みされている。父の部屋のドアを開けると、その山積みになったダンボールで、すぐには机に向かった父の後ろ姿が見つからないほどだ。

そんな異様な空間でも、2歳の私の娘にしてみたら、お宝の山に見えるらしく、実家に帰るたび、奇襲攻撃に毎日精を出している。父の大事な時計を5つも6つもジャラジャラと腕につけてブンブン振り回し、壁に激突させる、なんてことはかわいいほうで、メガネの左右の蔓《つる》をバキッと180度に広げて壊してしまったことも一度や二度ではない。父はその都度、SOSで都心のメガネ店に駆け込むことになる。

きちんと片づけたり、しまうには、物を持ちすぎなのだ。ダンボールの本にしたって、2年以上もそのままなのだから、もう読まないってことなのよ、と母に毒づかれながらも手つかずのままになっている。

反対に、物を捨てすぎてしまうのが母だ。家庭の主婦として収納の限界をよく心得ているし、父より家にいる時間が長いので、居心地の良さを重視する気持ちもわかる。すっきりとした空間で、快適に過ごしたいのだろう。けれど、勝手に私の物を処分してしまうのはどうだろう。帰国するたび、私の部屋に置いたままだった服が減っていっているような気がする。

一度などは、なぜかデジカメを無断で捨てられたことがあった。「玄関先に出された紙袋に入っていたから、ゴミだと思ったのよ……」。意味不明な言い訳を聞きつつ、ふたりでマンションのゴミ収納庫まで探しに行ったっけ。見つかったからまだよかったものの、収納庫の扉の向こうに人の気配がいつ現われるかと、絶えず怯《おび》えながら薄暗い部屋の中でゴミ袋をあさった、あんな経験は、二度としたくないものだ。

そんな両親の性格を両方とも受け継いでしまったのが私だ。肌馴染《なじ》みがいちばんいいからと、どこかの懸賞品のジャンパーすら手放せない父の困った性癖は脈々と受け継がれていて、本当に気に入った物は、とことん着倒してしまうところがある。

そのくせ、無駄な物が溢《あふ》れているのは、母譲りの性格が許さない。捨ててしまってからまだ必要だったことに気づくなんてことは日常茶飯事で、涙を呑《の》んだことは数知れない。近頃では、自分の物だけでは飽きたらず、彼の物にまで手を出すようになってしまった。こうなると、母のことは責められない。どう見てもいただけない彼の服は勝手に処分させてもらっているのだけれど、いまのところ気づかれてはいない。

最近読んだある女性誌の記事は、そんな私の処分癖に火をつける形になった。その記事は、とある女性スタイリストさんが、読者のクローゼットを点検して、いらない物を処分させる、といった特集記事なのだが、そのスタイリストさんのセリフがまた説得力に溢れているのだ。

「いまの自分を素敵に見せてくれない服は、着なくなるのも当然」

「――（略）――2年着なかったら、3年目に着るなんてあり得ない！」

どこか身近で聞いたような……。彼女はさらに、着なくなった服はその人の気分とは違っているから着ていないだけで、売れば欲しい人もいるだろうし、逆に売れないような服をいつまでも眠らせておくのはスペースの無駄遣いだと言い切っていた。

自宅から徒歩圏内に、あるお店がある。

かねてその店の前を通りかかるたび、店の外にまでできた人の列に、なんのお店だろうと気になっていた。皆そろってスーツケースやカートを携《たずさ》えて並んでいる。ある日、ついに好奇心に負けて、列に並んでいる人に思い切って尋ねてみたところ、リサイクルショップだと判明したのだ。あのスタイリストさんの名語録に頷かされながら、私の頭をよぎったのは、このお店だった。このお店の門を叩いてみよう。私はウキウキして、自分のクローゼットを点検しはじめた。

処分するものを仕分けているうちに、だんだん気が大きくなって、まだ袖を通す可能性がかなりありそうなものまで手に取ってしまっている。捨てるには忍びないけれど、リサイクルに回せると思うだけで、気が楽になるのだろう。この仕分け作業は、「クローゼットの整理整頓は（買い物と同じく）ストレス解消になる」というスタイリストさんの言葉通り、本当に楽しいものになった。

お楽しみは、クローゼットが見違えるようにスッキリするだけではない。自分の見切りをつけた洋服にどんな評価が下されるのかも怖《こわ》い反面、楽しみなことでもあった。そのリサイクルショップは、人を並ばせるほどの人気があるせいか、品物を見る目も厳しいとのことだった。2年以上前に購入したものは受けつけず、染《し》みやほつれなどが一箇所でもあった場合はもちろんのこと、デザインが古いものもアウトだという。列の中には某有名ファッションエディターの姿も混じっていた。リサイクルショップといえども、いい商品しか置いていないのが売りなのかもしれない。

小一時間も外に並んで、ようやく待合室に入ることができる。途中、待ちくたびれて何度か挫折《ざせつ》しそうになったけれど、乗りかかった船には乗って最後まで見届けようと腹を決めたのだ。

待合室から、奥の部屋の様子が半開きになったドアごしに垣間見《かいまみ》える。先ほどから列の進みが止まっているのは、なにやら軽い揉《も》め事があったらしかった。スーツケースにパンパンに詰めてきたものの、受けつけてもらえる品物がなかったようで、キレてしまったマダムが責任者を出せと言っていきりたっている。

こうした人の対応にも慣れているのか、スタッフの方に焦った素振りは一切なく「これが私たちのやり方ですので、お引き取りください」とあくまで穏《おだ》やかに、出入り口に導いている。「あなた方の態度は理解できない」と捨てゼリフを残して去っていくマダムの強さに驚きながらも、一方では気の毒にも思う。重い荷物を抱えて、1時間も待った挙げ句、なにひとつ引き取ってもらえなかったのだから。

そんなことを思い、ボーッとしていると、声がかかった。品定めをしてくれるスタッフの方は何人かいるのだけれど、そのマダムを担当した人が私の持ち込んだ品物を見てくれるらしかった。「あなたは優しい方だといいんだけれど」。そう言って片目を閉じてみせる彼女に、「それはこちらのセリフです」と返す。おずおずと荷物を広げながら。

彼女は真剣な眼差しで状態をチェックし、受けつけられるものを分別していく。結局はねられたものは、ストレートなラインだからというパンツ2本と、この夏流行したウェッジソールとは微妙に異なった、踵の太いサンダルぐらいで、自分でも大いに満足のいく結果となった。

続いては、いよいよ値段設定だ。リサイクルショップとしては、設定した買値におよそ同額の手数料を上乗せして、商品棚に並べるらしい。

ブランドものとなると、値段のつけ方も慎重になる。どうやらブランドによってマニュアルとなる価格表があるようで、時折ファイルされた資料を見ながら、商品欄に値段を打ち込んでいる。ノーブランドのカシミアセーターには5ユーロ（650円強）ほどしかつかなかった値段が、ほとんど履く機会のなかった、ダナ・キャランのヒール靴に40ユーロ近い価格が設定されたりする。かといって、プラダのバッグは「使い込みすぎ」という理由で受けつけてもらえなかったから、彼女たちの鑑識眼もなかなかのものだ（ちなみにそのバッグは、私たちのやりとりを見ていた待合室にいた人のひとりが「欲しい」と言うのであげてしまった。待合室から奥の部屋の様子を探るのは、私ひとりではないらしい)。

そうしてすべての値段をつけ終わると、商品となった物のブランド名やサイズ、特徴と価格をコンピューターに入力し、一覧表にしてプリントアウトしたものを控えとして手渡される。店にはおよそ3ヶ月近く置いてもらえるけれど、買い手のつかなかった商品は、期日を過ぎても引き取りに来ない場合、そのまま無料でバザーに出されるとのことだった。引き取りに来られなくても、誰かの役に立つのなら、それにこしたことはない。いいシステムだと思った。

リサイクルショップでも引き取ってもらえないような服は、ゴミに出してしまう。パリではほぼ毎日、定刻通りにゴミ回収車が回ってきて、各アパルトマンの軒先に出されたゴミをさらっていく。私は洋服などを捨てるとき、同じく別のリサイクルショップを利用している友人の篠さんに倣《なら》うようにしている。アパルトマンのゴミ収納庫ではなく、回収車の来る時刻を見計らって、あえて路上に出しておくのだ。洋服だとわかるように。そうすると、回収車が回ってくる前に、それらを貰《もら》ってくれる人が必ずいる。そのままダストシュートにかかるより、どんなにいいかわからない。

クローゼットの活性化は、コーディネートの活性化にもつながる。本当にお気に入りのものだけをまとっていれば気分もいいし、なによりそうした気分でいるだけで、素敵に見せてくれるのではと期待を込めて、今日も整理整頓に拍車がかかる。

もちろんショッピングも大好きだけれど、もういい歳でもあるので、ワードローブは量より質を考えた品揃えをしていきたい。スッキリとしたクローゼットと相談しながら、いまの自分に必要なものを吟味していければと思う。

多面性を持つフランス人マダムは素敵だ

かつてパリの語学学校で机を並べていた友人のひとりに、S子さんという女性がいる。フランス赴任を終えた旦那様と一緒に日本へ帰ってしまってから、もう4年近く経《た》つだろうか。最近、彼女のことをよく思い出す。

もうだいぶ前のことになるが、クラスで顔を合わせた途端、聞いてほしかったとばかりに、彼女が口を開きはじめたことがある。なんでも、駐在員の奥様の食事会（私にとっては未知の世界である）で、彼女より少し年下の女性から、「S子さんって、ママっぽい雰囲気ですね」と言われたのだそうだ（S子さんは当時新婚さんで、旦那様とふたりきりの生活を楽しんでいた。念のため）。着ていた洋服のせいもあったのかもしれないけれど、なんかショックだったと言う彼女は、改めて私のほうを向き直り「私ってママっぽい？」と尋ねてくる。

私はどう返事をしてよいかわからずにいた。年下の彼女はどういう意味合いでS子さんを評して「ママっぽい」と言ったのだろう。

S子さんは日銀の総合職で、それこそバリバリと働いていた。それを、旦那様のパリ赴任を機に、潔く辞めてきた女性である。英語圏育ちの彼女は、英語はビジネス会話を駆使し、持ち前の語学力でフランス語の上達も早く、クラスでもひときわ目立っていたが、彼女自身はとても控えめな人で、私はS子さんこそ〝アジアの誇り〟だと、内心自慢の友人だった。外見的にも、ほっそりとした七頭身美人で、日本人離れしている。色白で、どこかあどけなさの残る面立ちをしていて、「ママっぽい」と言われるとしたら、その顔立ちから漂う、ほんわりとした雰囲気のことかもしれなかった。

先日髪を切った。ここ数年、髪の長さはほとんど変えていなかったのだけれど、久しぶりに印象がガラリと変わるほど短くした。その髪を見て夫が「ママっぽくなった」と言ったとき、胸の中に広がった気持ちは、正直嬉《うれ》しいものではなく、あのときのS子さんの心持ちがわかるような気がした。

「だからいいんだよ」。髪を切ったことをすでに後悔しかけている私の顔を、怪訝《けげん》そうに覗《のぞ》き込みながら彼が言う。本当に本心からそう言っているようだった。

成熟した大人の女性こそ賛美されるパリで20歳の頃から暮らし、ある意味女性を見る目がパリジャンと同じである彼にとって、「ママ」でイメージされるものは、たおやかさ、優しさ、その穏やかな目元や仕草に宿る、ほのかな色香であるらしく、それは彼の思い描く〝いい女〟像そのものでもあった。

「ママ」に対するイメージの、日本とフランスの相違は大きい。「ママ」と言われて優しい母親像は思い描けても、〝いい女〟という代名詞と結びつくかどうかは、私自身疑問だった。それがパリで暮らすうちに、彼の言うことを素直に受けとめられる気持ちにもなってきた。それだけこの街には〝いい女〟なママが多い。

子供たちとの散歩の途中に、子供のお迎えの時間によくさしかかる、ある私立の幼稚園がある。娘は幼稚園の門から歩道へと、次々に飛び出してくる、お姉ちゃんやお兄ちゃんが楽しげに駆け回る姿を見るのが大好きなのだけれど、私は私で、門の外に集う、おしゃれで素敵なママンを観察するのが楽しみでもある。

この夏、印象に残ったのは、シルクモスリンのワンピースを甘辛バランス良く着こなしていた女性。ビターな焦げ茶という色の選択と、同色のティアドロップ型のサングラスが、ふんわりとしたワンピースの甘さを抑え、辛口に見せている。ワンピースの裾《すそ》は、膝《ひざ》下20cmと長く、ボリュームもあるのに全体の印象はあくまでも軽快なのは、二の腕はすっきりと肌を出しているのと、モスリンの透けるような素材感、貝のモチーフが付いた、淡いターコイズブルーのトングによる足元の抜け、そしてなにより、その颯爽とした歩き方のせいかもしれなかった。

フェミニンさと格好良さを併せ持つ、そんな女性が男の子の手を引いている姿は本当に様《さま》になっていて、子供と一緒という生活感溢れるシーンでも、素敵な人は素敵で、自分らしさを失わず、所帯じみるところがまったくないのだと実感した。

子供と一緒だから女っぷりが下がるということはないという事実は、厳しいことでもある。それは、子供がいると簡単に下がってしまうような女っぷりなら、その程度しか持ち合わせていないということだから。

自分の子供と一緒どころか、子供たちの友達まで大勢まとめて引き連れていても、女度がまったく下がらない稀有《けう》な女性がいる。

ソフィーはいまは育児に専念しているけれど、何をするにしてもセンスの良さを感じさせる、魅力的な女性だ。自分に似合うもの、魅力を引き出してくれるものを知り尽くした彼女のファッションは、〈育児専念中〉でイメージされるものとはほど遠い。彼女には鮮やかで、きれいな色もよく似合うのだが、そうした色を顔映りがよくなるという理由ではなく、積極果敢に取り入れて、自分の色にしてしまうようなところがある。どんな色をまとっていてもシックにまとまるのは、彼女の生まれ持った品性によるものかもしれない。プラダのちょうちん袖のオレンジのブラウスをあそこまでクールに、クロエのビーズ付きの赤いバッグをああまで品良く身につけてしまえる人を、私は他に知らない。遊び心に富んでいるのはアクセサリーも同じで、そのオリジナリティー溢れる合わせ方には、デコレーターという彼女の職種も納得のものがある。

いつもパワフルに動き回っている彼女の、自分の好奇心やアンテナに触れたものに向ける探求心には、子供がいるからという理由で物事をあきらめるのは、子供を盾にした自分への言い訳だと悟らせてくれる。かといって、自分のことだけにかまけているわけではもちろんなく、前にも書いたように、他人の子供まで面倒を見ることもある。

そんな彼女と、共通の友人の家でお茶をしたことがある。子供たちは子供たちで遊ばせながら、大人同士で話を弾ませていたのだけれど、そんなときでも彼女の子供たちへの注意の寄せ方には並々ならぬものがある。子供の誰かが声を上げれば、さりげなく話の輪から抜け出して、誰よりも早く駆けつける。それでいて、戻ってくれば、あたかもそこにずっといたかのように話に加わり、場を盛り上げる。ヴァカンスで出かけたイタリアでの、セールで見つけた掘り出し物の話をしながら、次の瞬間には目に入った建築の画集を手に取り、その中に引き込まれている。しばらくその世界に浸ったあと、彼女は画集から目を上げ、自分のいた香港《ホンコン》の建築物について、話を広げるのだった。

その七変化ぶりに、私はただただ感心していた。結局その日は、その家のマダムが子供たちに早めの夕ごはんを一緒に取らせることを提案してくれたのだけれど、そうしたとき彼女は自然とママの顔になって、子供たちをテーブルにつかせたりと、キビキビと指示を出している。タフな色気というものがあるとすれば、こういうことなのかもしれなかった。

そして、ふと思った。〝いい女〟とは、たくさんの引き出しを持っているとか、さまざまなシーンによって役割を演じ分けるとか、そういうややこしい言い方をされるものではなくて、〈多面体〉であるという、シンプルな事実なのではないかと。「ママ」であることは、ただ単にひとつの事実なだけで、優しさやしなやかさ、品性にユーモアを兼ね備えた知性といった、ソフィーのような資質を持つ人にとってみたら、自分以上に大切で守らなければならない存在を抱えているということからくる強さが加わるだけなのではなかろうかと。

いまなら、S子さんにはっきり答えられるような気がする。「ママっぽい」ことは、魅力が増えることはあっても、減ることはないのだと。

ジムに通うのはファッションを楽しむためだ

基本的に自分に甘いほうだ。こと、それが〝食〟関係になると。好物を自分に禁ずることができない。O型の私は、血液型別のオススメの食生活で見ると、狩猟民族のタイプに当てはまると雑誌で読んだことがある。このタイプはお肉はいくら食べても大丈夫だけれど、逆に炭水化物はいけないのだそうだ。幸か不幸か、私は焼鳥や豚の角煮は大好きだけれど、焼き肉は年に一回食べればいいというクチだ。その代わり、バゲットは1日に1本食べきってしまうという、パンを愛してやまない人間だ。小麦を禁じられるということは、私にとっては死を宣告されるのに等しい。

小麦だけではない。月に一度日本へ帰国する彼が、成田空港で買ってくる〈S〉のラーメンにはまり続けて、はや数ヶ月が経つ。彼が日本から帰ってくる夜は、〈K軒〉のシュウマイを蒸し、〈S〉のラーメンをする、という暗黙の了解が成り立っている。長いフライトの疲れの残る胃にこってり濃厚なとんこつスープを流し込んでいいのかという彼側の問題は残るけれど……。

おまけに、悲しいかな、彼はパティシエだ。子供たちを寝かしつけながら、自分も寝入ってしまっているような夜に限って「新作を考えた。自信作だ」と揺り起こされる。そうして、深夜の試食大会がはじまってしまう。その量たるや、〝嬉しい悲鳴〟という域をとっくに通り越している。彼の十八番の〈ジラルデ〉（スイスの三ツ星レストラン）仕込みのフォアグラもそうだ。軽くトーストしたブリオッシュに挟んだそれを「食べて」と差し出されると、カロリー爆弾と知りながらも、そのかぐわしい誘惑には逆らえない。

炭水化物を欠かせないところに糖分と脂肪のおまけまでついてくるという、時代に逆行した、こんな食生活だ。ハイファットな食事をカットしてダイエットに成功している人を見ると羨ましいとは思うけれど、自分では実行に移せないこともわかっている。そんな私が取っている、おそらく唯一無二の美容手段がジム通いだ。口に入れるものは何ひとつ制限できないのに、身体を動かすことに関しては本来の〝マゾ気質〟が顔を出す。

幼い頃から、自分に何らかの試練や課題を課すことが好きだった。とは言っても、（次の信号まで両手を離したまま、自転車をこぎ続けること）とか、（25m息継ぎをしないままターンをすること）みたいな、くだらない、課題とも言えないようなものだったけれど……。それでも「できなかったら○○が死ぬ」とか、「○○クンとは、もう口をきかない」といった、心の中でとはいえ、洒落《しやれ》にならないことを賭《か》けていたから、我ながら変わった子供だったと思う。

パリへ来てからはじめたジムで、その気質が再び頭をもたげ出した。やりはじめるとハマッてしまう性質なので、ついついやりすぎてしまう。運動不足の解消と、基礎体力の強化が目的だったのが、いつのまにかマドンナばりの筋肉がつきはじめたのに、慌《あわ》ててペースを緩めたこともある。娘の妊娠中はおなかに負荷がかかると危険なので、使えるマシンこそ限られていたけれど、普段とほぼ変わらない運動量をなんなくこなしていたため、臨月間際まで妊娠していることを誰にも気づかれなかった。

あの頃も、マシンに乗りながら気がつくと（あと20分できたら、この子が無事に生まれる）といった願かけをしようとしていて、慌てて（いや、少しでも疲れたり、おなかが張るようなことがあったらやめよう）と、胸の中で取り消さなければならなかった。

マタニティビクスなどお目にかかったことのないここ、パリでは、妊婦がストレッチ以上の運動をするのは稀《まれ》らしく、物知り顔のマダムに、いますぐマシンを降りなさい、と言われたこともある。それでも大半の人は、アジアンの妊婦が臨月間際まで通ってくるのに、好奇心と、あっぱれという視線を投げて寄越した。そして、無事出産を終えたあと、ぺったんこのおなかでジムに顔を出すと、誰もがブラボーと喜んでくれ、それ以来、なぜか妊婦に質問攻めにされることが多くなった。

適度（？）な運動が功を奏したのか、安産で産後の肥立ちも良かったのに気をよくした私は、次の息子の妊娠中もジム通いを続けたかった。けれど現実はそう甘くはなかった。育児の気分転換にも、ベビーシッターさんに預けて行ってくればと彼は言ってくれたけれど、乳児の娘を預けてまでジムに行くのはやはり気が咎《とが》めた。それでも、蓋《ふた》を開けてみれば息子のときも超がつくほど安産で、体重増加も娘の出産のときと変わらない、５kgちょっとだったので、育児というのは本当にかなりのエネルギーを消費するらしい。

体質というのもあるかもしれない。親友のリカは、長男の妊娠中に16kgも増え、それ以上太ると難産になる可能性があると、ドクターからさんざん注意されたそうだ。彼女のすごいところは、それでも産後、その体重を半年で元に戻してしまったところだ。特別なダイエットもなく。

話変わってパリ。お向かいに住む元エリートモデルのM夫人にいたっては、特別な日に合わせて、ひと月前から集中ダイエットに入る。水泳とジム、腹七分目の食事制限で、7kg落とせるのだそうだ。ダイエットの必要のない身体から7kgも削《そ》ぎ落とすのは容易ではないと思うが、さすがはプロ。自分のダイエット法をよく心得ている。

ジムに通っていた頃も、体重が減りはしなかった私は、どうやら増えもしないが、減りもしない体質なんだということが最近わかってきた。先日は娘の入院騒動で、ゆっくり食事をする物理的時間も、食欲もなかったので、1週間後、これはさすがの私でも減っただろうと、ワクワクして体重計に乗ったところ、1gも変わっていないのには衝撃が走った。カメラマンの篠さんによると、それが歳を取るということらしい。

1kgの体重の増減で一喜一憂するのは、フランス人マダムも同じだ。友人のソフィーは、夫に内緒で通販のエアロバイクを買い込み、1週間で1kg減ったとキャーキャー言っていたが、それを報告しながら、ランチのパスタをおかわりしている。せっかく痩《や》せたのが無駄になっちゃうと言いながら。女心に国籍はないんだなぁと思える一瞬だ。

ソフィーのお皿にお手製の魚介類のパスタを取り分けているM夫人も、集中ダイエット週間以外は、見ていて気持ちがいいほどよく食べる。食べることを通して、生活を楽しんでいるのが伝わってくる。彼女たちのダイエットに対してもストイックになりすぎない取り組み方が、人間らしくて好きだ。そうした〝隙〟は、色気をも生むような気がする。それは男女の性差なく。

以前、ニューヨーク暮らしのフランス人の男性と食事をしたことがある。仕事の合間を縫って、毎日のようにジムに通っているという彼は、たしかに引き締まった体型をしていた。セーターを通してでも、その身体が私好みの太すぎない、ほどよい筋肉で覆われているのが見てとれた。それでも、彼に色気を感じなかったのは、あのストイックな食事の仕方のせいもあった。パスタの美味《おい》しい店にいるというのに、「筋肉のために」と、彼は魚と野菜しか注文しなかったのだ。そういうことは、自分の家の中で、どうぞご随意になさっていただきたかった。食事中、彼にどんな色めいたことを言われても、そんな食事のとり方を前にしては、それは〝色〟として私の胸には届かなかった。

椅子に腰かけ、足を組んでいる腰のあたりの贅肉《ぜいにく》がパンツに軽くのっかっていても、潔く露出した背中が染みだらけでも、フランス人マダムが格好良く映るのは、生活を楽しむことを第一義とするがゆえに、確信的に自分に許可した〝隙〟であるから。何を美しいとするか、美の指針が人それぞれで、その目指そうとする美に、各自が信念を持っているからだと思う。「このそばかすが好きなの」と、すっぴんでカメラに向かったこともあるエマニュエル・ベアールのように、一見コンプレックスにも思える部分を受け入れ、愛してあげる。そうした自分に対する自信がその人を輝かせるのだろう。

結局は、何を幸せとするかだと思う。運動や食事を含め、ストイックな生活スタイルを通している人は、そういう生活自体が自分に心地いいからこそ続けられるのだろう。あるいは、その先に辿《たど》り着くであろう目的が明確なのだ。私自身はそうした目的を持っていないけれど、ファッションを楽しめるくらいの体型は維持したいと思っている。それでいて、差し出されるブリオッシュサンドに、ためらいなく齧《かじ》りつければ幸せだ。

何より、生命力を感じさせるようなバネの強さ、しなやかさのある人が美しいと思うので、健康であることが大前提だ。そうした私なりの美の指針をはずれることなく、豊かに歳を重ねていきたい。

フランス語を通じて

＊

autrui

デリカシーの観点は必要だ

4年ほど前、ある女性誌でこの本の写真も手がけてくださったカメラマンの篠さんと対談したことがある。「大人の女性の親友論」というテーマの対談だったのだけれど、そこで私は、人によってデリカシーの観点が違うから、そこが合うかどうかが「親友」と「友達」の分岐点だと、えらそうに語っていた。

デリカシー＝感情、心配りなどの繊細さ。微妙さ。（『大辞泉』）

改めて辞書をひいてみると、こう記されている。

実は4年前にも増して、いまなおこの〈デリカシー〉の扱い方の難しさに思い悩む日々である。

彼の友人のひとりであるKちゃんは、女性である私なんかよりよっぽど女らしく、デリカシーの権化のような男性だ。彼の好物だからと、前日から煮込んで味を染《し》みこませた豚の角煮に煮玉子、鶏の唐揚げなどを、三段のお重に詰めて持ってきてくれたりする。

私が出産したときには、産院の病室にお赤飯を届けてくれた。おそらく、和菓子屋さんを日本で営まれている、Kちゃんの友人のお父様に小豆《あずき》を送ってもらったのだろう。この準備にいったい何日かかったのか、知る由《よし》はない。

そんなKちゃんと彼と3人で食事に出たことがあった。あれは食事も終わりかけていた頃だった。Kちゃんが少しトーンの高い声を発した。

「もう、青木《あおき》さんってオカマに冷たい‼」

Kちゃんは冗談っぽく言っていたのだけれど、同じ女性の心を持つ者として気にかかるものがあったので、帰り道、Kちゃんを降ろしたあとで、もうちょっとKちゃんに気を遣ってあげられないのかと聞いてみた。ハンドルを握ったまま、彼はポツリと言った。

「デリケートな人には、あえてガサツにいったほうがいいんだよ。そのほうが、向こうには楽だからね」と。

この人は、Kちゃんのデリケートさを受けとめられるくらい、同じレベルでデリケートな人だった。物事がわかっていても、わかっていないふりのできる人に突っ込んでしまった私の行動ほど、デリカシーを欠いたものもない。デリカシーとはなんぞやと、改めて思い知った出来事でもあった。

私の母は、学生時代からもう40年あまりも東京暮らしをしているというのに、いまだどこかに、ふるさとの東北訛《なま》りが残る。お世辞ひとつ口にできず、ぶっきらぼうな対応に、電話をかけてくる私の友人の中には、おばあちゃんと間違える人もいる。

そんなふうなので、通りいっぺんのつきあいの人には気づかれないのだけれど、実は人一倍、人の痛みを受けとめてしまう人でもある。真っ向から。母に毒づかれながらも、心を吐露する人が少なくないのは、母のそんなところを敏感に嗅《か》ぎ分けているからかもしれない。

母は人の悩みを受けて、自分が苦しみ、密《ひそ》かにトイレでもどしたりしている。何度も。何日でも。母の苦しむ音を壁ごしに聞きながら、あのぶっきらぼうさは母なりのプロテクトなのだと思った。そうでもしていないと、胃を壊すどころか、心までも壊してしまうのだろう。

そんな母に、篠さんは似ている。7年前に初めてカフェで会ったとき、本人に言わせると、精一杯感じよくしていたのだそうだが、その淡々とした物言いに母を見ているようだった。そのときから今日まで、彼女に対する人としての信頼は揺るぎのないものになっている。お互い不精者で、自分からは電話をかけないところまで似ているので、頻繁に会ったりすることはないのだけれど、そういう距離感を居心地よく感じてもいた。それでも、私の節目や、本当に手を伸ばしたいときにさりげなくそこにいてくれる、貴重な人だ。

その篠さんのお父様が亡くなったとき、再びデリカシーについて考えさせられることになった。

篠さんのお父様の訃報《ふほう》を聞いたものの、私はどうしていいのかわからないでいた。こういうとき、何と声をかければいいのだろう。

自分が入院したとしたら、お見舞いには来てほしくないほうだとお互いに話したことがあった。見苦しい自分をあまり見せたくないからと。

私は以前、傍目《はため》にも辛い出来事があったとき、まわりの人にふだん通りに接してもらうことで、ずいぶん救われたことがあった。ひとり、ただ黙って通りすがりにポンと頭に手を置いてきた人もいた。それまで顔を合わせた人に対してと同じように、こちらが精一杯の明るい声で挨拶するのも意に介さずに。

すれ違いざま垣間見《かいまみ》えたその人の表情は、そのときどんな言葉よりも雄弁に物語っていて、私はそれまで必死に身にまとってきた鎧《よろい》が剝《は》がされていくのを感じた。気づくと本当に涙が流れていて、膝《ひざ》も抜けているようだった。その日から、その人は私にとってかけがえのない人になった。

篠さんにも、せめてふだん通りに接しよう。そう思って、電話でも特別なお悔やみは言わないでいた。それから1ヶ月ほど経《た》った頃だろうか。篠さんのほうからお父様の話をしてくれた。篠さんは案の定、フランス人の旦那様の前でも、まだ涙を見せていなかったらしい。ある日、旦那様に言われたそうだ。なぜ、お父様の話をしないのかと。君には泣くことが必要だと。

そこではじめて、篠さんは泣くことができたのだそうだ。どんなに固い鎧でも、剝ぎ取ることはできるのかもしれない。その人を、かけがえのない存在だと思う人の手にかかれば。

それからね、と篠さんが続ける。フランス人の友人たちが、電話をとると揃って励ましの言葉をくれたという。篠さんのお父様のことをよく知らないというのに。しかも、型通りのお悔やみの言葉ではなくて、それぞれが自分の言葉をひとつひとつ紡《つむ》いだものであったそうだ。その言葉を聞いていても、無性に泣けたのだという。

傷口に触れないよう、そっと見守ることが優しいこととは限らない。私はときにそれを「距離感」として正当化してきてしまったような気がする。その人を大切に思うのなら、あえて傷口に触れることを買って出ることも必要なのかもしれない。膿《うみ》を出してあげたほうが、傷口が癒《い》えるのが早いように。

個を尊重するフランスだ。心の奥の、誰にも踏み込んでほしくない領域には、たとえ家族であっても土足で踏み入るようなことはしない。自分でしか癒《いや》せない傷もあるから。

友人のフランス人女性にも、去年お母様を亡くされた人がいる。母一人、子一人という家庭環境もあって、悲しみの深さも人一倍で、彼女は3週間近く会社にも出てこられなかった。有給休暇の多いフランスでは、肉親の死後、その休暇をこうした悲しみを静かに癒すのに充《あ》てることが少なくないという。そうした社会が土台になっていることがもちろん大きいけれど、私は彼女が自分の心にきちんと目を向けて、その叫びに素直に従ったことに感銘を受けた。おそらく彼女は、有給休暇が残っていなかったとしても、同じ行動を取っただろう。なにが真っ当なことなのかとよく考えさせられる。彼女が休んでいた間は、彼女の仕事が止まってしまうわけで、それによって迷惑を被《こうむ》る人もいるかもしれない。でも、そんな迷惑心が頭をもたげる人はまずいない。彼女の自己治癒力を信じ、傷の回復に彼女が全力を傾けるのを静かに応援する。いつでも傷に切りこんで、膿を出してあげる準備をしながら。そのさじ加減や、その人にとっての優先順位の見極めが、これほど巧《たく》みな人たちもいない。巧みというより、魂に刻みつけられている感すらある。

デリカシーにも、長い伝統の熟成の中で培《つちか》われたものがあるのだろう。促成栽培では得られない何かが。フランスに惹《ひ》かれてくる人に、デリカシーに敏感な人が多いのも頷《うなず》けるような気がする。

まだデリカシーの修行をはじめて、そう年数を重ねていないけれど、大切な人が傷を負ったら、その信号を見落とさず、いつでも一緒に返り血を浴びる。そういう覚悟を人知れず持てるようになれたらと思う。

アピールしなければはじまらない

フランスへ来たばかりの頃、語学学校で出された宿題のひとつに、街で見かけた気になる文章をメモに書き留《と》めてこい、というものがあった。たしかに、メトロのホームでは大型百貨店などの巨大広告ポスターが頻繁に掛け替えられているし、連絡通路には催し物や展覧会の案内ポスターが所狭しと並んでいる。車内は車内で、車両ごとに詩が紹介されていたりする。

メトロだけではない。街中の掲示板や壁の落書きにも、フランス人を知るちょっとしたヒントが溢《あふ》れている。ストやデモ行進の予告なんて、ふだん私たちでも使える言葉のオンパレードだ。

それから、カフェや書店の店頭に貼られた、スターのゴシップ記事を扱う雑誌広告も侮《あなど》れない。〝se faire soigner〟（治療を受ける。医者に診《み》てもらう）という動詞がある。何を隠そう、この動詞はカイリー・ミノーグがパリに〝se faire soigner〟しに来ると見出しのついた雑誌広告から覚えた言葉だった。自分でも気になった記事の単語は、決して忘れないものだ。

子供ができてからは映画館で映画を観ることも遠のいてしまったので、もっぱら家でビデオやＤＶＤを観るのだけれど、やはり封切りになったばかりの映画は観られない。そうはいっても、街のあちこちで見かける宣伝ポスターは細かなところまで目を配り、よさそうなものかどうか、チェックするのは怠《おこた》らない。このポスターの文句が、また珠玉の言葉の宝庫なのだ。

この間、「L'Américain」（アメリカ人）というタイトルの映画のポスターに目が留まった。タイトルの下に３つの文章が並んでいる。

――Il est têtu, il est grande gueule, il est...français!（頑固。口ばかり達者。彼は……フランス人！）

フランス人を描いて、裏返しにアメリカ人を表現するものなのか、フランス人とアメリカ人の対比なのかわからない。けれど、このふたつはアメリカ人から見たフランス人の特徴なのだろう。

フランス人が頑固かどうかはあまり耳にしたことがないけれど、ふたつめの

〝口ばかり達者な（人）〟という形容はよく使われている。〝avoir la parole facile〟（弁が立つ）とも言われるように、フランス人の討論好きは有名な話だ。

以前、語学学校の筆記の授業で、バカロレア（大学入学資格試験）を受ける学生たちの小論文を読んだことがある。中でも序文のテクニックに唖然《あぜん》とした。短い序文の中でもちゃんとしたテーマを明記しているだけではなく、簡潔なプロットの立て方や短いエピソードなど、読み手を惹きつける術を知っている。

フランスの学生たちは、短時間でこうした小論文を書くことを、幼いうちからたたき込まれるという。書くほうでもこうなのだから、弁が立つのも当然なのかもしれない。

ただ、その〝弁が立つ〟の一方で、否定的に捉《とら》えられがちなのも事実だ。

〝être brave en parole〟（言うことだけは勇ましい）

〝parler pour ne rien dire et dire pour ne rien faire〟（意味のないことをしゃべり、やりもしないことを言う）

〝il y a loin de dire au faire〟（言うこととすることの間には隔たりがある）

〝ne pas joindre les gestes à la parole〟（言ったことをすぐに実行しない）出てくるわ、出てくるわ。おしまいに、かの啓蒙思想家・ヴォルテールのセリフを……。

〝Les Français parlent vite et agissent lentement.〟（フランス人は話すのは速いが、行動は遅い）

フランス人のヴォルテールが言うのだから、間違いはないだろう。けれど、こうして改めて日本語にしてみると、なじみのあるものが多く、フランス人だから、日本人だからと、はっきり分けられないような気もする。

たとえば、日本の自動車会社のフランス人社長、カルロス・ゴーン氏の有言実行は本当に格好いいと思う。実際、今年は彼自身が掲げる業績見通しが守れなかったら辞任すると言っているそうで、遠くから、つい氏の動向を気にしてしまう。

日本人はこの有言実行より、不言実行のほうを美徳とする気質があるように思う。率先垂範だって、黙って背中で諭《さと》すようなところがあるではないか。

そういえば、フランス人にはこの不言実行の美徳はないのだろうかと思って、フランス人に聞いてみた。

それにあてはまる表現は、いくら尋ねても挙がってこなかった。なぜだろうと考えてみたところ、思いつく理由はひとつだけだった。

フランス、特にパリはコスモポリタンの街だ。この事実は、日本人留学生が、留学前と実際に住んでみてのいちばんの印象の違いに挙げているほど。他民族が集まっている街だから、いつも自分を証明できるものを携帯していなければならない。

たとえば雇用ひとつとっても、雇い主に自分のできることや能力をまずアピールしなければ、何もはじまらなかったのかもしれない。「不言実行」という日本的な土壌ゆえに育つ美徳について、ちょっと考えさせられてしまった。

口にしたことは守りたい

パリジャンほど口からでまかせを言う人種もいないと思っていた。実際、道を尋ねたら懇切丁寧に教えてくれるので、ホッとして、言われた通りに行くと、まったくのでたらめだった、なんてこともある。

もうすぐセールが始まるので、買うのを手控えていた、ちょっと値の張る品物を、この商品はセール対象外だと、店員からキッパリ宣告され……。蓋《ふた》を開けてみたら、思いっきり30%オフになっていたことも記憶に新しい。

始末の悪いことに、彼らはそろって悪気がない。自分でそう思い込んでいるのだから。

この思い込みの激しさも困りものではあるけれど、一度心に決めたことは容易に撤回しない筋の通ったところは、いっそ気持ちのいいものでもある。この気質の奥深さを教えてくれたのはある単語だった。

日本にいた頃は、その単語をフランス語だとは意識することなく口にしていた。「プレタポルテ」――。「高級既製服」と訳されている。が、フランス語で書くと、〝prêt-à-porter〟。〝prêt〟が前置詞の〝à〟を伴うと「……できる状態にある」という意味を持つので、「持って行ける状態にある」というのが本来の意味だ。「オートクチュール」（高級衣装店）の注文服と区別するために、既製の、できあいの、という意味がこめられたのだろう。

この〝prêt〟＋〝à〟を辞書でさらに読み進めていくと、「～できる状態にある」というのは、〝物〟に対しての表現であって、〝人〟を指す表現は、「（……の）心づもりができている」とある。ここで納得することがあった。

2003年の夏、世界陸上パリ大会の現地リポーターを務めるにあたって、パリのサンドニ競技場で毎日のように耳にした言葉があった。

〝A vos marques, prêts?〟「位置について、用意」である。番組の中でも、いろいろな国の「位置について、用意」を取り上げて紹介したほど、それは各国さまざまであった。もちろんさまざまであって当然なのだけれど、個人的にはそのとき、そのバラエティーの多さよりもむしろ他のことが気にかかっていた。

スタート前の〝用意〟の場面は、緊張と高揚した気分に満ち溢れている。いや、むしろその緊張感を、最良のスタートダッシュにするために、選手たちはあえて極みにもっていく。そうした一瞬に、フランス語の〝prêt〟はちょっとそぐわないというか、ふさわしい単語に思えなかった。

というのも、それまで私は〝prêt〟をたとえば〝Je suis prête.〟「支度ができた」「用意ができている」といった、出かける間際の場面でしか使ったことがなかったからだ。トラック上でスタートを切る用意ができているか否かで意味に間違いはないのだけれど、「支度が整った」かどうかの表現では、日本語の「用意」で私たちが感じるあの緊迫した神妙な語感に比べて軽すぎる気がしてならなかった。そんなわけで、辞書で「(……の)心づもりができている」という訳を見つけたとき、違和感が溶けてすっきりしたのだ。

この一見軽めのニュアンスに見えて、その実かなり重い思いが込められているという表現は、そのままフランス人の気質にもあてはまるのではないかと最近思う。

先日、あるマダムから連絡が入った。土曜日に某レストランの予約が取れたからスケジュールを空けておけという。そこは予約が取れないことで有名な三ツ星レストランだ。以前、結婚祝いに招待すると言われたことはたしかにあったけれど、あれから1年以上の時が流れていた。はじめこそ、受け流しておくべき口約束かと思っていたし、時が経つうちにそんな約束をしたことも忘れてしまっていた。

そこへ突然の電話である。その直前に偶然会ったわけでも、電話でそんな話が出たわけでもなかった。かくして、その食事会は忽然《こつぜん》と実現した。食後、私の彼のほうがマダムには恩があるからと、密かに支払いをすまそうと試みたけれど、それもかなわなかった。

そのマダムはそんな高級レストランに通い慣れているわけでも、いまややもめとなった生活に余裕があるわけでもない。が、こちらに余計な気を遣わせない気高さをそなえている方だ。店を出るとき、それまでサービスに来るたび、親密度を深めていたそのレストランのマダムと、近いうちに一緒にランチをする約束をしていた。

「じゃあ私から連絡するわ」

そういって歩き出すマダムの後ろ姿を見ながら、きっとまたその約束も果たされるであろうことを確信した。

〝Je suis prête à vous inviter.〟その背中はきっぱりとそう語っていたから。

フランス人は堅実だと言われる。でも、それは自分の尺度をよく心得ているからで、できない、果たせないことはその場を取り繕《つくろ》える場面でも口にしない。その代わり、一度口にしたことは守る。あくまでもさらりとした表現を使って。

あの腹の据《す》わった、でもそんなことは微塵《みじん》も感じさせない振る舞いができるようになれたらと思う。

優柔不断な態度は自分に返ってくる

街を歩いていて気づくことなのだけれど、日本人女性とフランス人男性のカップルの比率に対して、日本人男性とフランス人女性のカップルの比率が圧倒的に少ない。ほとんどお目にかかれないと言っても過言ではない。

その例外的なおひとり、中国文献学者である、やまぐちヨウジ氏に、『妻はパリジェンヌ』（文藝春秋）という著書がある。パリの画廊で出会って結婚することになるフランス人の奥様の、こんな言葉が紹介されている。

「ねぇ、日本人の男の人って、ガイジンと目を合わせないようにしているだけじゃないのよね。女の子とも視線を交わさないようにしているみたい。あれで、どうやって女の子を引っかけるのかしら」

たしかに……。

友人のパリジェンヌも「ひとめ視線を交わした瞬間から、その人と恋がはじまるかどうかがわかる」とのたまうような国だ。男性のアプローチの仕方がまったく違う。視線を絡《から》ませてなんぼ、口説いてなんぼのアプローチに応《こた》える場合は別として、断わる場合にも、女っぷりやスマートさが問われてしまう。

以前、ある雑誌のインタビューで、フランス語の座右の銘はあるかと尋ねられたとき、とっさに口から出たフレーズがあった。

〝Laissez-moi tranquille!〟(私に構わないで!)

いま思えば、もうちょっと格好いいフレーズを挙げておけばよかったと思うのだけれど、あれはあれで正直な気持ちだったのだ。

パリに多いナンパ。特に性質《たち》の悪いのは、変な日本かぶれの男や日本人女性フリーク。一度無視したくらいでは引き下がらない手合いもいる。面と向かって、日本人と一度つきあったら、他の人種とはつきあえなくなるとほざくツワモノすらいた。日本人女性が持ち合わせている優しさや一歩下がった感じ(テキ曰《いわ》く)が彼らの心を捉えるらしい。

私は必ずしも優しいタイプでもないし、気も弱いほうではないのだけれど、一度カフェで原稿を書いているとき、向かいの席に勝手に腰を下ろされたことがある。「えっ？」という表情を浮かべた私に、日本語の書体はなんて美しいのだと、本当に感に堪えないように言うので、嬉《うれ》しくなった私は相席を断るきっかけを失ってしまったのだ。

「日本人の女の子はへらへら笑うからいけないのよ」。在米15年を誇る親友は言う。あのとき、私はへらへらしていたのか自覚はないけれど、10分たっても席を立ちそうもないテキに辟易《へきえき》しながら、己《おのれ》を恨めしく思うのだった。

1ヶ月くらい経った頃、同じカフェでまた原稿を書いていると、件《くだん》の男性が入ってきて、私の姿を認めると、今度はこちらのほうへまっすぐ歩いてくるではないか。テキの歩いている10秒くらいの間で、私の心は決まった。

〝Laissez-moi tranquille!〟

もうこちらに笑顔をつくっていた彼に、私はきっぱりこう言い放った。人の身体が〝びくん〟とするのを、そのとき本当に目にした。無理もない。以前は親しげに（？）会話した相手の、何があったわけではないのに１８０度転換した態度に、テキはものすごい驚きと衝撃を受けたようだった。彼の様子を見ていると、せっかくの決意もゆらぐような気がして、私は原稿に視線を下ろし、それから二度と顔を上げなかった。

自業自得だけれど、彼の傷ついた顔は私を傷つけた。それ以来、こうしたことがあると一瞬の躊躇《ちゅうちょ》もなくこのフレーズを口にしている。甘い誤解を与えるのはかえって失礼だと思うから。

パリに渡る前に、独学で勉強していたフランス語のテキストに、ちょっと艶《つや》っぽい会話が載っていた。マリッジリングをしていない女性に、ある男性が結婚はしていないのかと尋ねたところ、その女性はこう答えるのだ。

〝Non, mais je vis avec quelqu'un.〟（そう。でも一緒に暮らしている人はいますけど）

〝cohabiter〟（同居する）ではなく〝vivre〟（暮らす）という動詞を使うのが印象的だった。〝vivre〟の私の中でのイメージは「生きる」だったから。同棲している彼を思う気持ちと、もう一方の男性の口説きを暗に、でもきっぱりとはねのける、そういう状況にぴったりなフレーズだと思った。こうしたきっぱりとした感じがとてもフランス人女性っぽいような気がする。

逆の印象を受けたこともある。たとえば、男と女がつきあっているのは

〝sortir avec quelqu'un〟で表わす。〝sortir〟という動詞は通常（出る、出かける）だから、これは私たちが「男女がつきあう」でイメージする関係よりだいぶ軽い。さらには、恋人以外の人とデートをするにも、これとまったく同じ表現が用いられるというから、「つきあっている状態」とはなんとも頼りなく、危うい表現ともとれる。

そういえば、〝ami(e)〟（友達、恋人）は所有形容詞、また petit(e) をつけると「私の友人」ではなく、〝mon petit ami（ma petite amie)〟（恋人）になるのも、フランスに来た当初はまぎらわしく思ったものだ。

でも、男と女の関係を表わすのに、そういった曖昧《あいまい》な表現が多いのは色っぽいことでもあるし、まただからこそ、隙《すき》を見せたくないときはわかりやすく、きっぱりとした表現を使わなければいけないのかもしれない。

とっさのひと言が返せるようになりたい

〝この人たちにはかなわない……〟

フランス人の巧みで気の利《き》いたひと言に返す言葉が見つからないときが、在仏7年を過ぎたいまでもしょっちゅうある。たぶんそれは、フランス語が母国語ではないというハンディの問題ではない。彼らのそうした機転は、元来の気質によるものなのか、育つ環境によって後天的に鍛えられるものなのか……。フランス人ではないけれど、フランスで生まれ育ったユダヤ人男性にもギャフンとさせられたことがあるから、むしろ後者の要素が強いのかもしれない。

彼はもうつきあいの長い仕立屋さんなのだが、ある日、自分のサイズより大きめのパンツを持っていったとき、私の股下辺りの生地を待ち針でつまみながら、怖《こわ》くないかと唐突に聞かれた。驚いて彼のほうに目を降ろすと、いたずらっぽい表情を浮かべている。とっさに意味を把握し「ノン」とは答えたものの、顔が赤らんでしまうのが自分でもわかった。

クヤシイ……。

〝amour〟（愛）の国だから、特にこういった会話に強いのかもしれない。私も二度とあんな醜態（？）を晒《さら》さないためにも、とっさの返答を鍛えたいと思った。

これは極端な例かもしれないけれど、彼らの会話に耳をそばだてるにつけ、流暢《りゅうちょう》なフランス語を話すことより、気の利いたひと言を返せることのほうが、ときとして一目置かれることに気づかされる。

先日、日本から来ていた友人たちと食事に出かけたときのことだ。夫婦で外食するときは、子供を預けてくるのが習《なら》いのここパリで、私たちはルールを破ってしまった。

「僕が見ているから行っておいで」と言ってくれた彼に対して、悪いと思った友人が「皆で一緒に行きましょうよ」と半ば強引に誘ってくれた言葉に、ついつい甘えてしまったのだった。

場所はとあるイタリアン。陽気なイタリア人経営者が、赤ん坊連れでも大歓迎と言ってくれるので、私たちの行ける数少ない、貴重なレストランのひとつだった。ふだんは空間を分け、比較的席の配置がゆったりしている1階に席を作ってもらうのだけれど、この日はテーブルの間隔がほとんどない、こぢんまりした2階に通されたのが暗雲の兆《きざ》しだった。

その日は母親の関心が自分に100%は注がれていないことを感じ取っていた娘が、さっそくぐずりはじめる。娘は泣きはしないまでも、小猿のようにキーキーと高音でアピールする。

「将来はハードロック歌手かもね」

口の悪い友人Aは言う（読者にハードロック歌手の方か、目指している方がいらしたら、ごめんなさい）。親の焦る顔をよそに、一層強めのシャウトをしたとき、先ほどから眉間《みけん》にしわを寄せた顔をこちらに向けていた隣席のマダムが叫んだ。

〝……………………‼ S'il te plaît.〟

〝S'il te plaît.〟（お願いだから）しか聞き取れなかったけれど、マダムの表情は明らかに怒っていて、私は反射的に〝Désolée.〟（ごめんなさい）と答え、娘を抱えて外へ出たのだった。その夜のパスタはのびきってしまっていたのはたしかだが、味はほとんど覚えていない……。

後日、彼からあのときのマダムは〝Ne crie pas!!〟（大声を出さないで）と言っていたことを知らされて、そういうときの状況なら、なんと詫《わ》びればいいのか、フランス人の友人に尋ねてみた。

「答えという答えはない」というのが答えだった。人によって用いる言葉は違うからと。ただ「叫ばないで」と言われたんなら、「じゃあ、どうやったら叫ばないようになるのか、教えてくれ」ぐらい返してみるのもありかもねということだった。

なるほど、それはとってもフランス人的だなぁと思いながら、あることを思い出していた。カジュアルなレストランでは、よく花売りがやってくる。各テーブルに一輪ずつバラの花などを置いていって、お金を催促するのだ。私もほとんどの人と同じく、お金を払って花を受け取ることはないのだけれど、ある夜、こういう断わり方もあるのかと目から鱗《うろこ》が落ちた。

「今夜、妻はいないからなぁ」

ある男性は、たしかにこう言っていた。断わるほうにもエネルギーがいる。花売りの寂《さび》しげな顔を見なければならないから。でも、たとえばこう返されたら、両者の間ではなにかが保たれるような気がする。花売りと客という立場を越えて。

あの隣のテーブルにいたマダムの一声に、凍りついて"Désolée."としか言えなかった自分が情けない。"S'il te plaît."と"tutoiement"(tuを用いた話し方)からわかるように、あのマダムは私たち、親の側に苦言を呈するのではなく、赤ん坊本人の人格を認めて(?)たしなめる形を取った。その巧妙さが恨めしい。でも、そんな頭の回転を見せるマダムが相手なだけに、あの凍りついた雰囲気を上手に打開する方法があったはずだ。

それには数々の経験を積んでいくしかないと思うけれど、あれに懲《こ》りて以来、あの店の敷居はいまだに跨《また》げていない。

相手の立場に立つことを忘れたくない

言葉の持つ気配が好きだ。いや、言葉そのものというより、その人がその言葉を選ぶ気配とでも言おうか。

前に日本の航空会社の飛行機に乗ったとき、とても感じのいいフランス人のキャビンアテンダントさんにお世話になったことがある。もちろん、彼女以外の日本人のキャビンアテンダントさんも、皆親切な方たちばかりだったのだけれど、彼女は特別だった。

子供連れということもあって、機内食にも手をつけられずにいる私に、「迷惑でなかったら、私が隣でお子さんを見ているから、召し上がりませんか?」と声を掛けてきてくれた。彼女の瞳《ひとみ》は微笑《ほほえ》みさえ忘れているくらい真剣で、そのセリフが使い慣れたものではなく、先ほどから私たちの様子を見ていて、ついに意を決しての言葉だということが痛いほど感じられた。

そのとき悟ったことがある。人に伝わるかどうかは言葉の流暢さというか、文脈やボキャブラリーの問題ではないということに。相手の立場に立った言葉は、それがどんなに簡単な単語の羅列でも、美辞麗句に勝るということに。

パリでバスに乗っていたあの日も、そんな言葉に出会った。

左岸を斜めに貫き右岸まで達する「70番」。左岸の住人なのか、停留所のひとつに「病院前」があるためか、このラインにはお年寄りが多く、あまり座席に座れたことがない。でも、この日は新年早々の午前中のせいか、空席がかなりあったので、私もそのひとつ、運転席のすぐ後ろの席に腰を下ろした。

バスが再び発進したとき、甲高い声が耳に響いた。

〝Allez!! Comment vas-tu?〟（ねえ、元気？）

それまで運転席を覗《のぞ》き込むようにして立っていた青年が運転手に向けて叫んだのだった。様子から察するに、その青年は知的障害を持つ人のようだった。運転手が自在に操る数多いスイッチボタンに魅《み》せられているのか、次は何をどうするんだと10秒に1回は同じ質問を繰り返していた。

青年の純粋な好奇心に運転手はよく応えていた。青年の同じ質問に、同じ返答は一度もなかった。運転席と客席の間は仕切られているため、運転手の後ろ姿はこちらからは見えなかったけれど、その少しくぐもった声を聞き取ることはできた。その声のトーンや話し方には、わずらわしさや苛立《いらだ》ちのようなものは微塵も感じられなかった。

それどころか、客席の視線が自分に注がれることからくる偽善的で過剰な親切心も、また、より差別的になってしまう変な同情心もなかった。そんな運転手の振る舞いが青年も本当に嬉しいのか、ふたりの間には自然な親密感が漂っていた。

停留所を4つ、5つ過ぎたあたりからだろうか。その青年がバスに乗り込んでくる人、ひとりひとりに、

〝Bonne année!!〟（新年おめでとう!!）

と声をかけはじめた。乗客はそれぞれ頷いてみたり、〝Bonne année!〟と返したりしていた。

ある停留所で乗り込んできたマダムが、

〝Vous aussi!!〟（あなたもね!!）

と明るく返し、満ち足《た》りた笑顔の青年が次の乗客の、日本人の3人の女性観光客に、〝Bonne année!!〟と叫んだときだった。その女性たちはひと言も返さないばかりか、その青年に一瞥《いちべつ》すら与えず、バスの後方へと歩み去ってしまった。

青年の目に宿る悲しみ。

運転手の胸に広がる痛み。

運転手の姿は見えないけれど、気配で十分伝わってくる。それは事件というにはあたらないけれど、それまでのバスの雰囲気を知る人にとっては、大きな出来事というに足るものだった。

その女性たちを咎《とが》める気はない。旅行者の若い女性が、いきなり声をかけてくる男性を警戒することは普通のことだ。ただ、その前のマダムの対応があまりに大人でスマートだったために、その落差にしばらく考えさせられてしまった。

これはフランス人だけではないと思うが、見知らぬ者同士のコミュニケーションが格好いいと思うときがよくある。いや、コミュニケーションだ、会話だなんて、そんなもったいぶったものでなくていい。一瞬のやりとりだ。以前、やはりバスの車内で、終始メイクに熱中していた女性が降りたあと、その女性の両脇に座っていた乗客同士がひと言、皮肉っぽいウイットの利いた冗談を交わしているのを聞いたことがある。なかなか日本ではお目にかかれないシーンだ。

思ったことをすぐ口にするのが格好いいことではない日本の美学も大事にしたいけれど、ときに罪なき無言が暴力に等しくなってしまうことがあると痛切に思った。ひとりの純粋な青年の1日を台なしにしてしまうほどに。

——Vous aussi.——（あなたもね）

〝Bonne journée.〟（よい1日を）——〝Vous aussi.〟（あなたもね）と会話のテキストのはじめのほうに出てくるこの紋切り型の〝Vous aussi.〟が、こんなに人に優しい言葉であることを、あのマダムは教えてくれた。私もこれから〝Vous aussi.〟を口にするときは、もう少しだけ思いを込めたい。

思いをきちんと口にすることは大切だ

「思ったことをなんでも口にする」――フランス人を評して日本人が必ず言うセリフだ。私自身、そう思ってもいる。こう言ってしまうとネガティブにとられがちだけれど、これを「思ったことをきちんと口にする」に置き換えてみたらどうだろう。これはフランス人とコミュニケーションをとる上で、ひとつの基本的なルールになる。

私たち日本人は、感情的にならざるを得ない場面でも、ぐっと言葉を飲み込むことを美徳とする。それが、ここではまったく通用しない。忍耐の美徳どころか、そこには問題がなく、賛成したものとして受け取られるのがオチだ。

これは男女間の言い争いにおいても同じこと。フランス人の彼がいる友人も言っていたっけ。ケンカして、そのときは何も言えないでいるんだけど、やっぱり腹の虫がおさまらなくて彼に伝えると、あっさりしすぎるくらい、あのとき言ってくれればよかったのに、と返されると。

彼らのいいところは、言ってしまったあとのわだかまりが一切ないことだ。いや、わだかまりを残さないためにも、そのときちんと口にするのだろう。これが、慣れると本当に気持ちがいい。

先日も「うんざり」という言葉が耳に入ってきた。

〝J'en ai ras le bol!〟（うんざりよ！）

アパート内の踊り場で激しい金切り声。管理人の女性の声だ。この夫婦はポルトガル人で、気性が激しいのか、よく言い争う声が聞こえてくる。そのあと、バターンとドアの閉まる音が続いたけれど、私にとってはよそ様のケンカより、このフレーズを初めてナマで聞けたことのほうが興味深かった。

日本語で「うんざりする」と訳されるフランス語のフレーズは、私の知る限りでも5つはある。そのうちの2つ〝J'en ai assez.〟①と〝J'en ai marre.〟②は頻繁に耳にするし、自分でも使ったことがあるのだけれど、あとの3つ〝J'en ai ras le bol.〟③と〝J'en ai jusque-là.〟④と〝J'en ai par-dessus la tête.〟⑤は、そのフレーズをナマで聞けたことがなかった。今日で③（ここから数字で略記させていただきます）を制覇したから、残りは④と⑤だけだ。

くだらない、と思わずに、もう少しおつきあいください。

この5つの細かいニュアンスの違いが知りたくて、フランス人の女性の友人に聞いてみることにした。というのも、私の持っている辞書には、①以外は話し言葉で用いられるということと、①②は前置詞の〝de〟を伴えば、動詞を続けられること、さらに②だけが〝うんざり〟という訳より「もうたくさんだ」という訳がぴったりなことぐらいしか載っていなかったから。

その友人曰く、イントネーションや言い方によるけれど、①は「いいかげんにしろ」、②は「もうたくさんだ、あきあきする」、③④⑤は「うんざりする」とのことだった。特筆すべきは④と⑤で、この2つは常にジェスチャーとともに発せられるということだ。④は〝la〟を口にすると同時に、手を頭の上にかざす（要は怒りがここまできている、という意味だろう）。⑤は、そのフレーズの前に〝Ah!〟（決して「アー」とのばさないのだそうだ）を入れて、言い切ったら、喉《のど》の下で手を前後させるのだという。その手の動きとは、昔懐かしい〝ガチョーン〟の逆バージョンで、さらにあごをアントニオ猪木《いのき》さんのようにすれば完璧《かんぺき》だそうだ（注・彼女はいたってノーマルな人です。念のため）。なにせ見たことがないから信憑性《しんぴょうせい》がないのだが、だからこそ、より一層見てみたい気持ちが増してくる。

彼女の説明によると、①は怒っている場合なのだそうだ。が、偶然目にした雑誌のインタビューで、ある女優さんが、〝J'en ai assez d'être jolie.〟（きれいでいるのにはうんざりだわ）と答えていたのを知っている。書き言葉の①の形に訂正された可能性はあるけれど、彼女は単に美を維持するための食事制限にうんざりしていただけで、怒ってはいなかった。

逆に、②は「もうたくさんだ」と訳されるけれど、これと同じ訳を持つ〝Ça suffit!〟は、悪ふざけのすぎる子供を叱《しか》るお母さんの常套句《じょうとうく》で、明らかに表情も怒っている。でも、街中で〝J'en ai marre de nos engueulades.〟（もうののしりあいはたくさんだ）というフレーズを耳にすることがあるが、それを口にするときの顔は、怒りというよりも悲しみのほうが色濃くにじみ出ていたりするから、区別は本当に難しい。ここまでくると、好みや口癖の問題なのかもしれない。

それにしても、「うんざりする」表現だけでも5つは下らないのだから、さぞかしフランスでの生活には、うんざりすることが多いのだろう。

フランス人が比較的、我慢強くないのかもと思ったこともある。たとえばレジの女性が〝フー〟と強めの溜息《ためいき》を洩《も》らすと、「私、何か怒らすようなことをしたかしら?」と思うのだけれど、それは（計算を間違えた・レジを打ち間違えた）自分に腹を立てているだけだったりする。最近ようやくフランス人を喜怒哀楽の激しい、かわいらしい人たちだと思えるようになってきた。その証拠に〝喜び〟を表わすフレーズも、これまた多いのだから。

喜びが倍増する褒め言葉

表現の真髄は〝含み〟にあることを、私はパリに来て、フランス語に触れて初めて知ったのだと思う。もちろん、来た当初はそんな〝含み〟に気づくこともなく、いま思えば心に留めおくべき素敵な表現を、いくつか聞き流してきてしまったような気がする。

フランス語にいくらか慣れてきたらきたで、それまでアナウンサーという職業柄、短時間に簡潔に伝えることに重きを置いてきたこともあって、彼らの回りくどい表現が鼻につくことはあっても、そうした表現がときにお世辞抜きの素晴らしい褒め言葉になることなど、わかる余地もなかった。

〝Je t'aime moi non plus〟

フランスに興味を抱いている人には、知らない人のいない、セルジュ・ゲンズブールが書き下ろしたかの有名デュエット曲。

実は、この曲には含みの真骨頂が見える。〝non plus〟（〜もまた〜ではない）は通常、〝Vous non plus,vous ne l'avez pas vu?〟（あなたも彼を見なかった?）と、その前後に否定文がきてはじめて成立する。ところがこの歌詞では、〝Je t'aime.〟（愛している）というれっきとした肯定文。まったく意味をなさないけれど、ゲンズブールなればこそ、許されそうな言葉選びだ。

フランスへ来た当初、まさにこの感覚こそがフランス人なのだと教えられた。「はぁー」と答えてはみたものの、あの頃はまったくピンときていなかった。でも、パリで暮らすうちに、こうしたあまのじゃく的気質こそがフランス人の本質なのではと思うようになった。

たとえば、人や物を褒めるとき。

〝dingue〟という形容詞がある。〝J'ai été dingue de lui dire ça.〟（彼《女》にあんなことを言うなんて私はまったくどうかしていた）と、「いかれている」といった意味の言葉だけれど、この言葉は「すごい」とか「とてつもない」といったニュアンスも持つ。〝Je suis dingue des huitres.〟と言ったら（私は牡《か》蠣《き》にまったく目がない）となって、要するに牡蠣は自分にとって〝とてつもない〟ものになるように。フランス人が、自分の夢中になる物を指して使うことが多いが、こうした表現は日本語にもある。では、〝terrible〟はどうだろう。〝C'est terrible...〟フランス人が何か物を口にして、こう唸《うな》るように呟《つぶや》いたら、それは（これはひどい）ではなくて、正反対の（これはすごい、うまい）の意味になる。話し言葉になると、〝terrible〟という形容詞は（恐ろしい、ひどい）の意味から（素敵な、素晴らしい、すごい）の意味に変わるのだ。これで、さらに否定文になるとまぎらわしいこと甚《はなは》だしい。

〝Ce film n'est pas terrible.〟（この映画はぱっとしない）。普通に考えると（ひどくない）のに、ここでは（ぱっとしない）という意味になってしまう。〝pas～〟を用いても、（ぱっとしない）どころか、（なかなかいい）ようになってしまうのが、〝pas mal〟。直訳の（悪くない）という意味ではもちろんのこと、フランス人はこれを（結構いける）という意味でしょっちゅう口にする。一度、日本人の友人と、フランス人は〝pas mal〟なんて気取って言ってないで、素直に〝Je l'aime.〟（これ好き）や、〝J'adore ça.〟（これ大好き）とか言ったらいいのにと、盛り上がったことがある。でも、フランス人に言わせれば、ストレートに好印象や感嘆の気持ちを表現せず、〝pas mal〟と含みを持たせるところに、彼らの存在理由があるのだろう。

この〝pas mal〟がかなりの褒め言葉として自分の中に定着したと思えた出来事があった。手前味噌《みそ》で申し訳ないけれど、私の夫はパティシエだ。ある晩、フランスの老舗《しにせ》サロン・ド・テの広報の人の話が食卓の話題にのぼった。なんでも、その広報の人はいまパリでいちばん気になる存在のパティシエに夫の名前を挙げ、こう言ったそうだ。

「〝J'adore〟と言われるパティシエは〝déteste〟（大嫌い）と言われることもある。実際、パリのほとんどの有名パティシエがそうだろう。だけど彼はいま、多くの人を〝pas mal〟と言わしめる力を持っている」

身内びいきがいかに恥ずかしいか、しかもそれを活字になる原稿に書いてしまうことがどんなに格好悪いことか、自分でも十分わかっているつもりだ。が、私はその話を聞いた瞬間、飛び上がって、思わず藤井隆《ふじいたかし》さんの〝ハッ、ハ踊り〟をしてしまうぐらい嬉しかった。そして思った。褒め言葉はストレートに言われるより、こうした含みのある言い方のほうが、真実味が増し、嬉しさがじわじわと増してくるものなのかもしれないと。

光は影によって印象深くなるように、ふだんこうした〝含み〟を持った表現を多用する彼らだからこそ、真顔になってストレートな言葉を口にするとき、それは切に胸に響くのだということも。

おわりに

編集の山本泰代さんにこの本の企画をいただいたのは、一昨年の秋。ある出版社からパリでの日常を綴《つづ》った本を出してからそう時を隔てていない頃でした。

前回は4年半にわたって連載してきたものをまとめる形でしたが、今回は短期間で書き下ろしを、というプラン。実際にお会いして、具体的なお話を聞いたときは、ふたりめの子供の出産を控えて、机に向かう時間を実際につくることができるのか、自分でも見当がつかなかったこともあって、正直に言って、当初はちょっぴり後ろ向きでした。

それでもなんとか時間を見つけて書きはじめたのは、それまでNHKのフランス語講座の教本に連載していたものや、女性誌などに寄稿していたものも生かしていけることになって、全篇新たに書き下ろすわけではないことが気持ちを楽にしてくれたのと、なにより山本さんの「お仕事をご一緒させていただきたい」という長い長いお手紙に背中を押された部分が大きかったから——。

そうして以前に書いたものを読み直してみると、やはりそのまま載録するというわけにはいきません。でも、その当時書いたものは、そのときの気持ちとして自分の中では完結していたので、そこを書き直す気にはどうしてもなれない。じゃあ、いまの思いとのギャップはどう埋めればいいのか――。大幅に加筆するのは、必然的な成り行きでした。

原稿は思っていた以上に進みました。育児中心の生活の中で、母でもなく、妻でもなく、あるいはすべてをひっくるめて、一個の女としての表現の場を与えられたことに、私の中のなにかが激しく反応していたようでした。あのことが起こるまでは。

娘のケガ――。なんの前触れもなく降ってきたそれは、私からすべての気力を奪ってしまいました。

「書く」という気持ちになれない。自分の心を覗《のぞ》こうにも、いつもいつも同じことで埋め尽くされていて、他のものが入る余地がないのです。

それでも物理的に避けられないものもありました。

あるテレビ番組の収録で、イタリアにロケに出る日が差し迫《せま》っていたのです。これを個人的な理由でキャンセルすることは各方面に多大な迷惑をおかけすることになるし、「雨宮塔子で録りたい」と言ってくれたスタッフの気持ちを考えると、娘のそばを片時も離れたくない思いがぐらつきました。

何かを決断するときには必ず子供のことを第一に考える——。考えたい……。思い悩む私に手を差し伸べてくれたのは彼でした。東京を含む三会場でお菓子の技術講習会を開くことが決まっていたのを、日本洋菓子協会連合会のご理解のもと、キャンセルしてパリでの娘の手術と入院に付き添う手筈《てはず》を整えた彼は、私まで仕事を犠牲にすることはないと、送り出してくれたのです。「心配をかけているスタッフの方たちを、あなたが中心になって笑わせるぐらいの気持ちでやらないと」と言って。

そんな私を、ロケ先のスタッフはそのままの形で受け入れてくれました。過剰な同情心で心苦しく思わせない絶妙な心遣いで。それでいて拘束時間の配慮などをしてくださっていました。

そんな人たちの思いに触れると、改めて思うのです。子供を第一に考えることが前提だけれど、仕事場に家庭を持ち込むまいとする姿勢も貫き通したい、と。皆を笑わせることができたかどうかは自信がないけれど、少なくとも、気がつくとパリの病院にいる娘のところに飛んでいきそうになる心を、必死でたぐり寄せていました。

出すからにはいいものをつくりたい——。いま目の前に与えられた仕事に集中することは、私の頭に風を通すことにもなりました。考えてもしかたがないことに知らず知らず向かってしまう頭に。

そうしていったん風が通ると、原稿のほうも少しずつだけれど、ようやく筆が進むようになりました。子供たちが寝静まってから、あるいは例によって堂々巡りの頭を抱えて浅い眠りから覚めた明け方に、ひとり原稿に向かうと気持ちが落ち着いていきました。こんな心持ちでは書けるわけがないと思っていたのに、いつのまにか「書く」という行為に、なによりも癒《いや》されていたのでした。

原稿用紙に字を埋めるという作業は、苦しくてたまらないときもあります。でも、それを「作業」ではなく「仕事」にするのに苦しむのなら本望だし、私のようなちっぽけな人間は、苦しいぐらいでないと成長できないのかもしれません。そして、少しは成長した大人にならないと、子供たちに、家族にいい笑顔が向けられないのです。

私にとって「書く」ことは、とても大事なことですが、それを「仕事」と呼んでいいのかは実はよくわかっていません。子供が幼いので家でできる仕事という意味でも理にかなっていたのだけれど、いつのまにかそんな理屈には収まりきらないほど、私の中で大きくなってしまっています。

こうした思いに駆り立ててくださった山本泰代さんに、まずお礼を言いたいです。

初めてお会いしたときはおなかの中にいた息子が、いまはスタスタ歩いています。そんな長い間、辛抱強くおつきあいいただきました。その穏《おだ》やかだけれど、芯《しん》は絶対崩すことのない仕事への情熱と、妥協のない向き合い方には本当に巻き込まれたいと思いました。こうした方とご一緒できる限り、私の仕事への情熱も尽きることはありません。

また、素敵な装丁で包んでくださった高瀬《たかせ》はるかさんにも御礼を申し上げます。そしてカメラマンの篠あゆみさん。篠さんにしか撮れない写真はもちろん、ネタ的にも……。ごめんなさい。でも、私は本当に好きなもののことしか書けないのです。許してください。

最後に……。この本を手にとって読んでくださった読者の皆さま。生きることがときにしんどいと思っている方がいらっしゃったら、この本が少しでも箸《はし》休めになってくれれば、こんなに嬉《うれ》しいことはありません。

ありがとうございました。

二〇〇六年春

そして、いま思うこと――文庫版のための「おわりに」

『それからのパリ』を書き綴っていた三、四年前の一年間は、私のこれまでの日々においても、最も切ない心持ちを抱えていた時代のひとつだった――。そのことを、今回この本の文庫化のお話をいただくにあたり、一通り読み返してみて、懐かしく思い出しました。

蘇《よみがえ》ってくる思いは鮮明でも、そこにはさして痛みを伴わず、ただただ愛おしい記憶、という形に収まっているのが意外でもあったけれど、やはり時間というものは人に優しいのかもしれません。

気持ちの風化ということではなく、むしろあの頃の思いをバネに今日を生き、また、いま現在たゆたう感情の波と、日々、向き合っています。穏《おだ》やかな心持ちで毎日を暮らしてゆけたらいいのだけれど、その一方で、感情の起伏に翻弄《ほんろう》され続ける人生も悪くないな、と思っている自分もいます。生きている実感ってそういうことだと思うから。

なにはともあれ、そんな思いを共有していただける読者の方々の存在に、感謝するばかりです。

この本の文庫化にあたっては、栗原和子さんのお手をわずらわせました。この場をお借りして、御礼申し上げます。

二〇〇九年　夏

雨宮塔子《あめみやとうこ》

【初出一覧】

・サンルイ・アン・リル教会の掛け時計……「ミセス」2004年6月号
・「背中の映像」を子供たちに残してやりたい……ネスレホームページ　http://www.nestle.co.jp/
・ほんの少し力が抜けた、ヴァカンスシーズンのパリ……ネスレホームページ　http://www.nestle.co.jp/
・バックミラーが拾う年月の移ろい……「CREA」2004年8月号
・手を差し伸べようとする気持ちは大切だ……ネスレホームページ　http://www.nestle.co.jp/
・役割を楽しむのも、おしゃれをするのも、自分のため……「LEE」2005年1月号
・アピールしなければはじまらない……「NHKテレビ フランス語会話」2004年11月号
・口にしたことは守りたい……「NHKテレビ フランス語会話」2004年4月号
・優柔不断な態度は自分に返ってくる……「NHKテレビ フランス語会話」2004年12月号
・とっさのひと言が返せるようになりたい……「NHKテレビ フランス語会話」2004年8月号
・相手の立場に立つことを忘れたくない……「NHKテレビ フランス語会話」2004年5月号
・思いをきちんと口にすることは大切だ……「NHKテレビ フランス語会話」2005年1月号
・喜びが倍増する褒め言葉……「NHKテレビ フランス語会話」2005年2月号

書籍化にあたり、加筆・修正をしました。
その他はすべて書き下ろしです。

一〇〇字書評

切り取り線

購買動機（新聞、雑誌名を記入するか、あるいは○をつけてください）

- □（　　　　　　　　　　　　　）の広告を見て
- □（　　　　　　　　　　　　　）の書評を見て
- □ 知人のすすめで
- □ タイトルに惹かれて
- □ カバーがよかったから
- □ 内容が面白そうだから
- □ 好きな作家だから
- □ 好きな分野の本だから

●最近、最も感銘を受けた作品名をお書きください

●あなたのお好きな作家名をお書きください

●その他、ご要望がありましたらお書きください

住所	〒				
氏名		職業		年齢	
新刊情報等のパソコンメール配信を 希望する・しない	Eメール	※携帯には配信できません			

あなたにお願い

この本の感想を、編集部までお寄せいただけたらありがたく存じます。今後の企画の参考にさせていただきます。Eメールでも結構です。

いただいた「一〇〇字書評」は、新聞・雑誌等に紹介させていただくことがあります。その場合はお礼として特製図書カードを差し上げます。

前ページの原稿用紙に書評をお書きの上、切り取り、左記までお送り下さい。宛先の住所は不要です。

なお、ご記入いただいたお名前、ご住所等は、書評紹介の事前了解、謝礼のお届けのためだけに利用し、そのほかの目的のために利用することはありません。

〒一〇一－八七〇一
祥伝社黄金文庫編集長　吉田浩行
☎〇三（三二六五）二〇八四
ohgon@shodensha.co.jp

祥伝社ホームページの「ブックレビュー」からも、書けるようになりました。
http://www.shodensha.co.jp/bookreview/

祥伝社黄金文庫

祥伝社黄金文庫　創刊のことば

「小さくとも輝く知性」――祥伝社黄金文庫はいつの時代にあっても、きらりと光る個性を主張していきます。

真に人間的な価値とは何か、を求めるノン・ブックシリーズの子どもとしてスタートした祥伝社文庫ノンフィクションは、創刊15年を機に、祥伝社黄金文庫として新たな出発をいたします。「豊かで深い知恵と勇気」「大いなる人生の楽しみ」を追求するのが新シリーズの目的です。小さい身なりでも堂々と前進していきます。

黄金文庫をご愛読いただき、ご意見ご希望を編集部までお寄せくださいますよう、お願いいたします。

平成12年（2000年）2月1日　　祥伝社黄金文庫　編集部

それからのパリ

平成21年9月5日　初版第1刷発行

著者　雨《あめ》宮《みや》塔《とう》子《こ》

発行者　竹内和芳

発行所　祥《しょう》伝《でん》社《しゃ》
東京都千代田区神田神保町3-6-5
九段尚学ビル　〒101-8701
☎03（3265）2081（販売部）
☎03（3265）2084（編集部）
☎03（3265）3622（業務部）

印刷所　萩原印刷

製本所　積信堂

ISBN978-4-396-31491-0 C0195

祥伝社のホームページ・http://www.shodensha.co.jp/